I0670840

IL RE DI SAN FRANCISCO

Mobster Series #1

KRIS HAMLET

ISBN - Cartaceo: 9781804317273
ISBN - Digitale: 9781804317280

Immagini su licenza Pexels.com
Fotografo: Jordan Bergendahl
Fotografo: Eric Thurber

ATTENZIONE: Questo romanzo è rivolto a un pubblico adulto e, in quanto tale, potrebbe contenere scene violente, esplicite o di natura sessuale. Se ne consiglia la lettura a un pubblico consapevole.

A chi pensa di non farcela,
a chi si guarda intorno e vede solo buio.

Resistete, rinascete, splendete.

Con tutto il rispetto, non hai idea di cosa significhi essere il Numero Uno. Ogni decisione che prendi influisce su ogni aspetto di ogni altra cosa. È un sacco di roba con cui avere a che fare. È troppo per chiunque. E, alla fine, sei solo di fronte a tutto questo.

TONY SOPRANO

PROLOGO

Il sangue copre il pavimento come un moderno tappeto di lusso e non sento altro che i fischi delle pallottole che sfrecciano senza sosta sopra le nostre teste, mentre gli uomini di mio padre perdono la vita pur di proteggere lui: sanno che è meglio morire piuttosto che fallire.

Questi uomini sono ben consapevoli di quanto lui possa essere uno stronzo crudele quando vuole – praticamente sempre – ma mentre cerco di fermare l'emorragia tamponandogli la gamba e la ferita al collo, mi rendo conto che potrei essere uno stronzo persino peggiore; infatti, nel momento in cui realizzo che mio padre non uscirà vivo da questo maledetto ristorante, un angolo recondito del mio cervello elabora un pensiero pericoloso: *sono libero.*

Esattamente tre secondi prima di rendersi conto che la realtà dei fatti è ben diversa e che, a ben vedere, sono fottuto senza alcuna via di scampo.

Sono figlio unico, e questo significa che lo scettro passerà di diritto a me. *La mia vita è finita, cazzo.*

È proprio quest'ultimo pensiero disperato che mi spinge a premere più forte sulle ferite, e a pregare qualsiasi Dio di salvare mio padre per fargli continuare la vita che ama nel ruolo che io non vorrei mai ricoprire, nonostante mio padre mi prepari da tutta la vita.

Un ruolo che obbliga a vivere in una gabbia dorata, limitando la propria libertà e autonomia di scelta per sottostare a regole vecchie di un secolo.

«Resisti, papà» lo incito. «Tieni duro, andrà tutto bene. Resta con me, i soccorsi stanno già arrivando. Ce la farai» dico e non sono sicuro chi tra noi due io stia cercando di convincere.

Lui respira ormai a fatica e, quando mi stringe la mano rivolgendomi uno sguardo consapevole, vorrei congelare questo momento, chiudere gli occhi e riaprirli trovandomi da tutt'altra parte. Non importa dove, basta solo che sia lontano da qui.

Lo sguardo fermo e sofferente di mio padre trova il mio terrorizzato, e reclama tutta la mia attenzione. Riesco a vedere la vita che sta abbandonando i suoi occhi, ma, nonostante la grave perdita di sangue, ha comunque la forza per tirarmi un po' a sé.

«Figliolo, da questo momento, sei tu il Boss» sentenzia determinato, a voce abbastanza alta da farsi sentire dai pochi uomini rimasti a difenderci, un attimo prima di esalare l'ultimo respiro.

Un paio di quegli uomini si volta a guardarmi con una scintilla di ammirazione e rispetto nello sguardo, come avessi ottenuto la promozione di una vita. A me sembra più una maledetta condanna a morte.

Mi chiamo Frank Mancuso e sono appena diventato il Boss della Mafia di San Francisco.

CAPITOLO UNO

Sei mesi dopo

FRANK

Sono tutti qui per giudicarmi.
Altro che rinfresco commemorativo per i sei mesi trascorsi dalla scomparsa di mio padre. Questa serata non è altro che un motivo per riunirsi proprio sotto il mio naso e capire se, nonostante la mia giovane età, io sia in grado di guidare questa "organizzazione", neanche fossimo una fottuta holding quotata in borsa.
Nessuno di loro ha voce in capitolo, in realtà.
Mio padre era il Boss reggente.
Mio padre è morto.
Il titolo è passato a me in automatico.

Fine della storia, a meno che qualcuno voglia sfidarmi. Ma, in tutta onestà, sanno bene che sono stato addestrato fin dalla tenera età per prepararmi a questo ruolo e, anche se la mia voglia di fare il Boss è pari a zero e il mio aspetto può far pensare a un CEO pronto per la prossima riunione, sono un sadico assassino mafioso. E non ho la minima intenzione di cambiare nulla di me, di certo non per compiacere mia madre e qualche altro vecchio stronzo.

Mi appoggio al muro accanto al camino e osservo il doppio salone addobbato a festa. Casa di mia madre è stata allestita nemmeno fossimo a un matrimonio: la verità è che ha sempre amato il suo ruolo di consorte del Boss, forse persino più di quanto abbia mai amato mio padre, se mai l'ha fatto davvero.

Mia madre ha sempre adorato il modo in cui tutti le dimostrano rispetto e da quando ero bambino, ricordo che non ha mai perso occasione per aprire le porte di casa nostra, per mostrarne l'opulenza e sbattere in faccia a tutti quella ricchezza spropositata.

Ogni aspetto di questa dimora è stato studiato fino al più piccolo dettaglio per gridare "lusso", dai marmi italiani che ricoprono i pavimenti e persino il camino, agli stucchi fiorentini sulle pareti, senza contare le librerie cariche di prime edizioni che nessuno in questa casa ha mai letto.

Sono presenti all'appello tutti gli Uomini d'Onore di mio padre, coloro che gli avevano giurato fedeltà sono stati pronti a beccarsi una pallottola per lui.

Mio padre è stato un leader nato. Lasciava che fossero i suoi uomini più fidati a trovare la strategia migliore e a sporcarsi le mani, ma con i suoi discorsi incoraggianti sarebbe stato in grado di convincere tutti questi omaccioni a compiere un suicidio di massa.

«Figliolo» mi ripeteva sempre, *«sporcati le mani quanto vuoi ora che ci sono io, fa' le tue esperienze, ma ricorda che quando prenderai il mio posto, diventerai il regista dell'organizzazione. Sarai tu a prendere le decisioni, a stringere le alleanze e a scatenare le guerre, ma resterai nelle retrovie. Circondati di uomini che sappiano come risolvere i problemi e di cui fidarti a occhi chiusi, perché dovrai affidare a loro la tua stessa vita.»*

Già, però, io sono diverso. Mi piace avere sempre il controllo, ho bisogno di analizzare ogni possibile strategia e opto sempre per il massimo profitto con il minimo rischio, e mi fido di talmente poche persone da poterle contare sulle dita di una sola mano. Tra l'altro, mi piace anche sporcarmele, mi diverte risolvere in prima persona i "problemi".

Tuttavia, penso di aver già dimostrato in modo esauriente il mio valore durante questi mesi, consolidando le alleanze, aumentando i profitti delle nostre attività e, soprattutto, tenendo a bada i *Ghosts*, un gruppo di *bikers*, dei delinquenti sconclusionati che cercano di farci concorrenza nel traffico di droga e di armi, arrivando talvolta a sabotare le nostre consegne.

Un altro problema di cui non vedo l'ora di occuparmi una volta per tutte.

Torno a scrutare con attenzione ognuno degli uomini presenti, leggendo senza difficoltà i loro sguardi: per i più giovani, gli uomini della mia età, coloro con cui sono cresciuto, sono uno di quelli che merita rispetto e fiducia, perché ci siamo fatti le ossa insieme fin da ragazzini e sanno bene con quanta determinazione perseguo ogni obiettivo che mi prefiggo. Inoltre, ci siamo sempre guardati le spalle a vicenda e, anche se non li considero dei fratelli come Alex, se loro sono pronti a farsi ammazzare per me, io sono pronto ad ammazzare chiunque per tenere al sicuro loro, perché è vero che siamo un'organizzazione criminale e viviamo di illegalità, ma siamo anche una famiglia. Disfunzionale, certo, ma pur sempre una famiglia.

Gli uomini più avanti con gli anni, invece, nascondono una scintilla di dubbio, perché appartengono alla vecchia scuola, non si fidano di chi non è "sistemato", perché potrebbe significare che io non dia il giusto peso alla famiglia, ai valori tradizionali, alle "cose vere e fondamentali", che non sia pronto a tutto per difendere l'organizzazione come ha fatto mio padre. Mi ci sarebbe voluto del tempo, ma li avrei convinti. Senza alcun dubbio. Io non fallisco. Mai.

Mi avvicino a quello che è presumibile sia il mio unico alleato sopra i quarant'anni in questa sala.

Luigi era un vecchio amico di mio padre, uno di quelli che veniva a pranzo a casa nostra con la sua famiglia quasi ogni domenica, prima che sua moglie e sua figlia fossero vittime di una rappresaglia dei russi, ormai cinque anni fa. Da allora, è diventato il fantasma di se stesso, solitario, sempre imbronciato e perennemente scontroso.

«Come va questa sera, don Luigi?» domando cordiale.

«Purtroppo cammino ancora su questa terra, figliolo.» *Evviva l'ottimismo, cazzo*, penso, mantenendo però un'espressione impassibile sul volto e lui continua: «Tu piuttosto? Solo anche questa sera?»

Gesù, adesso anche lui ci si mette? Non bastava mia madre? O forse l'ha istigato proprio lei?

Mi guardo intorno facendo un rapido cenno con la mano a tutte le persone presenti.

«Non direi proprio "solo". Guardati intorno, in questa sala ci sono più di cinquanta persone.»

«Smettila di fare il simpaticone, hai capito alla perfezione cosa intendo. Sono passati sei mesi dalla morte di tuo padre e tu sei ancora qui, tutto *solo*.»

«Ti prego, Luigi, non mettertici anche tu...»

«Sai come funziona. Non capisco cosa ci voglia a trovare una bella ragazzetta e infilarle un anello al dito.»

«Non ho bisogno di nessuno al mio fianco per guidare quest'organizzazione nel modo migliore: ne ho le competenze e le capacità. Sai bene quanto mio padre mi abbia addestrato all'azione e quanto mi abbia fatto studiare per essere preparato anche sulla teoria. Perché ora ho bisogno di una *bella ragazzetta* accanto? Senza considerare che non ho né il tempo né tantomeno la voglia di cercarla.» Sbuffo con forza, sperando sia palese la mia intenzione di chiudere l'argomento in maniera definitiva, ma sbaglio in modo clamoroso.

«Frank, io ti capisco, figliolo, ma non c'è bisogno che ti spieghi che questa nostra organizzazione non si fonda solo sul rispetto, sui soldi o sulle strategie. Si fonda, soprattutto, sul sangue e sulla famiglia. Sulla solidità che ne consegue, perché non c'è niente che sia più forte del sangue. Può sembrarti un discorso arcaico, ne sono consapevole, ma è così che funziona, ragazzo mio. È intrinseco nella nostra cultura, ancor prima che nel modo in cui portiamo avanti l'organizzazione e i suoi affari. Tuo padre era già un innovatore e sai che, all'inizio della sua reggenza, non tutti lo guardavano di buon occhio proprio per questo motivo, ma poi si è dimostrato all'altezza del ruolo, e anche di più se posso dire la mia, e a quel punto tutti l'hanno seguito senza più alcuna remora» conclude, e non posso fare a meno di notare l'emozione che gli ha fatto tremare la voce sul finale.

Gli stringo una spalla e mi faccio forza, non sono bravo

a gestire le mie emozioni, figuriamoci quelle altrui. Ho bisogno di allontanarmi da qui—*il più in fretta possibile, grazie mille.*

«Va bene, Luigi. Ho capito, sul serio. Cercherò di fare il possibile e di seguire le sue orme.»

Lui alza lo sguardo e sembra rasserenarsi un po', mentre io vorrei buttarmi sotto un autobus per non essere costretto a trovarmi una donna con cui condividere il resto della mia vita. Non aggiungo altro, mi congedo in fretta e mi allontano come se avessi il diavolo alle calcagna.

Il problema va ben più in profondità rispetto alla reticenza nei confronti di un matrimonio combinato, ma in questo momento non ho davvero voglia di sviscerare il casino che mi porto nella testa. Una voglia che forse non avrò mai.

Sono sicuro, però, anche di un'altra cosa: nello studio di mio padre dev'esserci ancora una bottiglia di *Lagavulin* ed è l'unica compagnia di cui ho bisogno per superare questa serata.

CAPITOLO DUE

Un mese dopo

FRANK

«Figliolo, dobbiamo parlare.» Mia madre entra in salotto, trovandomi con lo sguardo perso fuori dalla vetrata blindata del mio attico al centro di San Francisco.

Perché diavolo le ho dato il codice dell'ascensore?

Mi toccherà cambiarlo, o forse dire al portiere di chiamare prima di lasciarla salire, ma questo desterebbe sospetti e chiacchiere sul nostro presunto rapporto idilliaco. Pettegolezzi che, in questo momento, proprio non posso permettermi, *merda*!

La mia vita è un fottuto circolo vizioso, tra ciò che ci si aspetta da me in quanto Boss e ciò che vorrei fare davvero:

mandare tutti a fanculo e vivere la mia vita come più mi aggrada.

Non che non mi piaccia torturare e uccidere chi mi fa un torto, ma voglio farlo a mio piacimento e senza dover sottostare a regole e codici centenari e del tutto anacronistici: chi diavolo aveva stabilito che un nemico doveva morire con onore o meno a seconda delle circostanze?

A me interessa solo che muoia, meglio ancora se sotto la mia lama; se poi fossi riuscito anche a prendermi qualche ora per tagliare, lacerare e mutilare mi sarei eccitato come un bambino la mattina di Natale.

«Figliolo» ripete mia madre e capisco che non avrò scampo.

Sospiro a fondo per raccogliere quel poco di pazienza che ancora possiedo e mi volto, salutandola con un cenno del capo.

Lei rimane lontana accomodandosi su una delle poltrone e mi rivolge l'accenno di un sorriso gentile, ma talmente freddo che un brivido mi percorre la spina dorsale.

Mia madre non è mai stata un tipo affettuoso, anzi. Ma ho sempre dato la colpa di questa freddezza al ruolo sociale della consorte del Boss, un ruolo che so molto bene quanto sia stato importante per lei, nonostante le sia stato inizialmente imposto con un matrimonio combinato. Eppure, i miei sono sempre andati d'accordo e non li ho mai visti litigare; anche se non li ho mai nemmeno visti scambiarsi un gesto d'affetto.

Possibile che sia sempre stata così fredda nei miei confronti e io me ne stia accorgendo solo adesso? O qual è stato il momento in cui il nostro rapporto è cambiato fino a questo punto? Possibile che il fatto che adesso sia io il

Boss sia un ostacolo tra noi? È possibile che questo ruolo sia più forte del legame madre-figlio?

Dopo sette mesi, mi scoppia la testa, perché le domande non fanno che aumentare man mano che mi accorgo di quanto stiano cambiando gli atteggiamenti delle persone che mi circondano. Le risposte, però, sembrano essere sempre più introvabili.

Spingo da parte tutte le mie riflessioni e mi concentro su di lei, sperando che questa conversazione finisca in fretta.

«Dimmi tutto, mamma, cosa ti affligge oggi?» le domando, cercando di reprimere l'ironia nella mia voce, perché temo di sapere già dove andrà a parare – di nuovo.

«Figliolo, ne parliamo da mesi ormai, ma non cambia mai nulla. Sono passate altre due settimane e non so più cosa fare per farti ragionare: un Boss scapolo non si è mai visto; tuo padre, alla tua età, era già sposato e ti attendevamo con ansia. Sei perfettamente consapevole anche tu che la gente inizia a mormorare, perché questo ti fa apparire in modo inappropriato, come se non ti importasse del valore della famiglia e sai bene che è proprio la famiglia a essere la base di questo impero» inizia il suo discorso quasi in automatico, come se l'avesse provato almeno un migliaio di volte – e non mi sentirei di escluderlo.

«Mamma, ti ho già detto che il passaggio della nomina di Boss da papà a me è complicata e parecchio delicata: alcuni tra gli Uomini d'Onore più anziani devono ancora confermare il loro giuramento di fedeltà e lealtà, i nemici non attendono altro che una mia esitazione per farci saltare tutti in aria. Non posso perdere tempo dietro a corteggiamenti o appuntamenti galanti. Ti prometto, però, che quando le acque si saranno calmate, comincerò a guardarmi intorno» replico, propinandole una volta di più il mio discorso, anche questo provato circa un migliaio di volte.

«Figliolo, è passato del tempo da quando tuo padre è venuto a mancare in modo tragico» torna alla carica, ignorando ciò che ho appena finito di spiegarle. «Credo sia arrivato il momento di annunciare almeno un fidanzamento, se non te la senti di decidere la data delle nozze» prosegue pacifica, come se non avesse appena sganciato l'equivalente di una bomba all'idrogeno nel mio maledetto salotto.

«Mamma...»

«Capisco che per te la questione non abbia alcuna priorità e so che spetta al Boss prendere decisioni e risolvere problemi e questioni interne. Ma so anche che trovi alcune delle nostre usanze anacronistiche, nonostante abbiano sempre svolto il proprio dovere in maniera egregia. Ecco perché vorrei che riflettessi sulla possibilità che mi occupi io stessa dell'incombenza: non si tratterà di un matrimonio combinato in senso stretto, perché mi occuperò solo di selezionare alcune giovani "pure" e provenienti dalle famiglie di buona reputazione da presentarti, ma la decisione finale spetterà a te.»

Quasi mi strozzo con la saliva per l'assurdità della sua idea – senza contare il velato riferimento alla verginità della sposa, che mi fa rabbrividire – ma recupero in fretta il contegno impassibile che si addice a un Boss: mia madre vorrebbe scegliermi la moglie: *che idea del cazzo!*

Eppure, mi prendo un istante per rifletterci: devo risolvere la questione, in un modo o nell'altro, e di certo non ho il tempo, né tantomeno la voglia, di mettermi a cercar moglie o di corteggiare qualche verginella che non saprebbe succhiarmelo neanche se le regalassi un corso formativo al riguardo.

Non nascondiamoci dietro a un dito, mi piace scopare, scopare di brutto, e non ho intenzione di essere fedele a nessuno; quindi, cosa cambia se la scelgo io o la lascio scegliere a mia madre?

So che ha ragione e, in un paio di occasioni, i membri più anziani dell'organizzazione mi hanno già fatto notare che "chi è solo, è più debole".

Sono così esasperato che decido di chiudere la questione. «D'accordo, mamma, pensaci tu. A me va bene una qualsiasi delle giovani appartenenti alle famiglie di buona reputazione.»

Ma quando vedo il suo viso illuminarsi, preferisco precisare: «Ma non ti illudere, so il modo in cui vengono cresciute le nostre donne e non ho intenzione di annoiarmi a casa a giocare alla bella famigliola felice: sarà, piuttosto, un matrimonio di facciata e io continuerò a fare i miei comodi al club o dove riterrò più opportuno, ti è tutto chiaro?»

«Figliolo, non mi aspetterei niente di meno dal Boss. La cosa fondamentale è che dentro casa, ti comporti in modo rispettoso nei confronti di tua moglie e che fai attenzione ai pettegolezzi. La tua figura è fondamentale per l'organizzazione, ma la figura della tua consorte dovrà essere rispettata da tutti i tuoi uomini.»

«Bene, allora direi che abbiamo trovato un compromesso.» Mi permetto di sorridere più rilassato. «Quando avrai scelto, fammi sapere e la incontrerò a casa tua o della sua famiglia.»

Alla fine, mia madre è riuscita a raggiungere l'obiettivo che si era prefissata e sorride radiosa, neanche avesse vinto alla lotteria. *Contenta lei.*

«Ho già in mente un paio di ragazze e domani

contatterò le famiglie per vedere se le hanno già promesse in sposa, ma non preoccuparti, anche se fosse questo il caso, tu sei il Boss e hai la precedenza.» Sembra essere partita per un ragionamento tutto suo che non ho nemmeno voglia di stare a sentire.

«Mamma, evita incidenti diplomatici tra le famiglie: nel caso in cui le ragazze a cui hai pensato fossero già impegnate, passa alla successiva, perché non mi interessa un accidenti di chi sceglierai e sono più preoccupato di mantenere unità e lealtà tra i miei uomini, è chiaro?» Mia madre sa riconoscere un ordine o non sarebbe durata così a lungo al fianco di mio padre.

Considerata chiusa la questione, mi alzo e mi dirigo al mobile bar per versarmi da bere, mentre lei mi sorride con una mezza riverenza e si congeda.

Mesi fa, mi avrebbe almeno dato un bacio sulla guancia, ma ora sono il Boss e le manifestazioni d'affetto rientrano nell'elenco delle fottute debolezze.

Sospiro e torno ad ammirare il panorama della città che si estende sotto di me, poco prima di rispondere al telefono.

È Alex, il mio Secondo, ma soprattutto il mio migliore amico, e sta passando a prendermi. La destinazione sarà lo *Stark*, il club dell'organizzazione, il *mio* club, l'unico luogo di perdizione in cui mi concedo di tirar fuori l'oscurità che regna dentro di me.

Spero che Kat sia disponibile, ho parecchio stress da scaricare e lei è una di quelle che sopportano meglio.

Fanculo, ho davvero bisogno di sfogarmi.

***

Appena metto piede nel club, percepisco la tensione nervosa sollevarsi dalle mie spalle come un masso e un altro tipo di tensione propagarsi nel ventre.

Mi guardo intorno e noto con piacere che anche questa sera il locale è pieno di clienti e di alcuni personaggi in vista della città.

Basta un'unica occhiata al manager per capire che anche la zona "esclusiva" al piano superiore del club, con i privé e i relativi *show privati*, è affollata. Va tutto maledettamente alla grande.

Lo *Stark* è un locale che potremmo definire particolare, grazie alle sue due anime molto diverse: al piano inferiore, si balla, si beve e ci si diverte in modo "normale"; al piano superiore, il divertimento è molto più esclusivo e perverso.

Qui, uomini e donne soddisfano curiosità e fantasie stando a guardare o sperimentando in prima persona, rassicurati dall'altissima riservatezza che garantiamo ai nostri clienti.

Insomma, possono fare tutto ciò che le loro menti contorte partoriscono – nei limiti della legalità che *loro* devono rispettare – con la certezza che nessuno verrà mai a saperlo. Che nessuno li giudicherà mai

E la gente è pronta a pagare prezzi folli per una certezza del genere.

Arrivo di sopra e mi accomodo nel mio solito privé, rivolgendo un breve cenno a una delle bellissime cameriere. Hanno tutte delle belle tette sode, fianchi larghi e un culo da perderci la testa e parecchi bigliettoni – sono uno dei motivi per cui questo club fa soldi a palate.

«Lag. Liscio. E Kat» le dico appena è abbastanza vicina.

«Subito, signore» replica tenendo gli occhi bassi.

Dev'essere una sottomessa.

Mi allungo sulla poltrona, mi godo la musica in sottofondo e la danza lasciva delle ballerine sul palco, l'atmosfera è stata studiata fin nei minimi dettagli affinché persino l'arredamento risulti sensuale e questo posto mi rende fottutamente orgoglioso, nonostante non sia l'attività più redditizia della mia famiglia.

Sono davvero onorato di portare avanti l'organizzazione che mio padre ha guidato fino alla morte, ma questo gioiellino è tutto mio, frutto dei miei progetti, dei miei investimenti, del mio sudore.

È inevitabile che mi tornino in mente le parole di mia madre e non posso fare a meno di sbuffare. Penso proprio di essermi cacciato in un bel guaio dandole carta bianca. Ma cos'altro avrei potuto fare? Gli uomini nella mia posizione non cercano l'amore. Sicuro come l'inferno, non ho mai avuto un appuntamento romantico.

Quando voglio una donna, non devo far altro che scegliere tra quelle disponibili. Prediligo Kat, è vero, perché asseconda ogni mia fantasia senza mai lamentarsi e godendone sempre. Ma non le ho mai fatto promesse e lei, come le altre, è ben consapevole di non doversi aspettare nulla da me, se non una magnifica scopata.

Anche se, da quando sono diventato il Boss, ho notato dei leggeri cambiamenti anche nel suo atteggiamento e, soprattutto, nel suo sguardo: non ho ancora inquadrato la cosa, ma credo si tratti di sogni a occhi aperti, illusioni utopistiche che non hanno la minima speranza di realizzarsi. Tanto peggio per lei, si renderà conto che le cose, da parte mia, non cambieranno mai.

Perso tra questi pensieri, mi accorgo della sua presenza subito prima che mi posi una mano delicata sulla spalla e nella mia visuale sbuchi il volto sorridente di Kat, la malizia fatta donna: labbra piene e un po' gonfiate dal chirurgo estetico, perfette per i pompini, tette grosse e sode, fenomenali per quando gliele scopo fino a venirle in faccia e un culo da sogno, riservato in esclusiva al sottoscritto per le notti più trasgressive.

Posa il mio drink sul tavolo e fa un paio di passi davanti a me prima di cominciare ad accennare un balletto sensuale e lascivo con cui vuole farmi intendere esattamente cosa accadrà appena finirò di bere.

Oh, bellezza, non hai idea di cosa ti aspetta stasera.

Bevo un sorso del mio amato whisky scozzese, lascio che il sapore caldo e intenso mi insaporisca la lingua e lo mando giù pianissimo, lo sento scendere e il fuoco dentro di me si ravviva, ha bisogno di una valvola di sfogo e sono uno stronzo fortunato, perché quello che mi serve è proprio davanti a me.

Ma sono io a dirigere il gioco, quindi ignorando le sue movenze sempre più sfacciate, mi concentro sul liquido color mogano nel mio bicchiere e sul suo sapore fumoso caratterizzato da note aranciate e un accenno di salato. *Lo adoro.*

Percepisco il corpo di Kat quasi vibrare per il senso di anticipazione che prova e, quando sono soddisfatto del controllo che esercito sul mio corpo e sui miei istinti, mando giù quello che rimane nel mio bicchiere e le sorrido; arrossisce e allunga una mano verso di me e, nonostante le luci soffuse, vedo le sue pupille dilatarsi, segno che la sua eccitazione la rende già pronta.

Mi alzo e la seguo in una delle salette private, quella riservata a me, arredata con un divanetto, un tavolo con un cassetto sempre rifornito di profilattici, un palchetto con un palo per gli spettacoli privati, un letto laterale e un piccolo bagno adiacente: semplice, ma del tutto funzionale.

Appena chiudo la porta, la spingo in ginocchio. Lei ubbidisce senza fiatare e alza lo sguardo verso di me, un'espressione adorante sul viso. Mi libero dei pantaloni e abbasso i boxer, sono già duro. *Ovvio.*

Le sorrido sornione e le ordino: «Sai cosa fare, Kat.»

Ricambia il mio sorriso, lega i capelli in una coda stretta e si china in avanti, comincia a succhiarmi come fossi un gelato, il più buono che abbia mai assaggiato, parte dalla punta e scivola fino alla base senza esitare, senza il minimo riflesso faringeo, si muove su e giù mentre comincia a succhiarmi ed emette versi eccitati.

Una vera professionista, e mia madre vuole che sposi una verginella, cazzo.

La vedo sobbalzare su e giù e capisco che si sta dando piacere con le dita, si sta preparando per ciò che verrà, perché io di certo non perderò tempo a prepararla. Continua a leccare, succhiare e massaggiarmi i testicoli, alzando, di tanto in tanto, lo sguardo malizioso su di me.

«Stringimi le palle e infilatele in bocca» le ordino con la voce arrochita dall'eccitazione.

Lei esegue senza indugiare e mi godo il momento di estasi, sentendo la familiare tensione alla base della schiena farsi man mano più forte e quando percepisco che ci sono quasi, le afferro la testa e comincio a scoparle la bocca come piace a me: forte, ruvido ed estremo e lei si adatta, non fa una piega e prende tutto ciò che le do, senza batter ciglio.

Sento la punta sbattere in fondo alla sua gola e spingo, ancora e ancora, vedo la saliva che le cola ai lati della bocca, finché, finalmente, la sento quasi strozzarsi e, a quel punto, arrivo in fondo e mi immobilizzo, svuotandomi in profondità nella sua gola. La rilassa e beve ogni singola goccia, ansimando eccitata, e quando non c'è più niente da mandare giù, si allontana un po' per ripulirmi per bene.

A quel punto, si rialza e si volta per avvicinarsi al tavolo, ci sale sopra e, piegandosi sui gomiti, poggia la testa sul piano di legno e divarica appena le cosce tenendo il culo in aria.

Dal punto in cui mi trovo, riesco a veder brillare gli umori della sua fica e mi basta un attimo per avercelo di nuovo duro.

In tre falcate, sono alle sue spalle, mi prendo l'erezione e l'accarezzo dalla base alla punta, mentre con l'altra mano recupero un profilattico dal cassetto e ne strappo l'involucro con i denti prima di indossarlo con un unico movimento fluido.

Lei agita il culo, ormai impaziente e al limite dell'orgasmo, e da bravo gentiluomo, non la faccio attendere oltre: con un'unica spinta decisa, affondo fino alla base e la riempio con ogni centimetro della mia erezione. Sussulta, perché sono grosso, ma non le do il tempo di adattarsi. Con una mano, le avvolgo il collo e stringo, trovo la pressione giusta, la linea sottile tra piacere e dolore e comincio a martellare dentro di lei a un ritmo maledetto per raggiungere il mio piacere. Se riuscirà a fare altrettanto, meglio per lei.

Mugola parole indefinite che ripeterà sicuramente a ogni cliente. Parole vuote, a cui non presto la minima attenzione.

Quando sono al limite e la sento serrarsi con forza intorno a me, esco e mi sposto di qualche centimetro finché non trovo l'apertura tra le sue natiche e spingo piano ma con decisione e, dopo una leggera resistenza, sono dentro e ricomincio a spingere senza pietà, sono vicino e mi bastano un altro paio di colpi per concludere la cavalcata che ho iniziato nel mio modo preferito.

Quando finisco, esco e mi libero del profilattico.

«Frank? Vuoi sdraiarti? Posso ancora occuparmi di te...» Kat tenta di convincermi a intrattenermi ancora – *possibile non abbia ancora imparato? Arrivo, mi sfogo, mi svuoto e me ne vado. Eppure, non dovrebbe essere così difficile da capire.*

Non spreco tempo a risponderle, mi dirigo in bagno e mi ripulisco in fretta. Alzo per un breve attimo lo sguardo verso lo specchio: sono appena venuto, dovrei essere rilassato e in pace con me stesso, ma la vibrazione violenta che riverbera dentro di me in ogni momento di veglia è ancora lì e i miei occhi chiari sono tormentati da ombre scure e demoni che non voglio affrontare.

A salvarmi, arriva la suoneria del telefono, ancora nella tasca dei pantaloni. Lo recupero e quando vedo il nome di Alex sullo schermo, rispondo senza esitare.

«Sì?»

«Capo, c'è stato un problema con una consegna. Uno dei ragazzi ha fatto un casino. Sono proprio qui fuori, ti aspetto.»

«Arrivo.»

Un ghigno si allunga sul mio viso e avverto la vibrazione più forte di prima: stasera ucciderò qualcuno e sono più eccitato ora che prima di una scopata.

Dannazione, sono davvero incasinato.

CAPITOLO TRE

ISABELLA

Questa giornata non potrebbe essere migliore di così, questo è il pensiero che ho fatto un attimo prima di rientrare a casa dopo un pomeriggio trascorso con mia sorella Mariella alla *Public Library.* So che non è considerata un'attività "classica" degli adolescenti, ma io e la mia sorellina siamo innamorate di quei corridoi e siamo davvero patite della cultura che li abita.

Mia sorella potrebbe perdersi con piacere nella zona relativa alla letteratura francese e io in quella dedicata alla storia dell'arte, in particolare nella sezione delle meraviglie degli artisti italiani.

Passare il tempo tra questi volumi è, per noi, l'equivalente di una giornata al *Six Flags,* un parco divertimenti a Vallejo, una cittadina a quaranta minuti a nord di Frisco, di cui sento sempre parlare dai miei compagni di scuola.

Quanto tempo ci vuole a stravolgere la vita di una persona? mi domando ora cercando di non farmi travolgere dal panico e di riordinare le idee, chiedendomi come diamine sia possibile che una giornata quasi perfetta possa essersi trasformata in una catastrofe senza precedenti.

Ma lasciate che faccia chiarezza. Mi chiamo Isabella Rizzo, però, nonostante il mio nome possa trarre in inganno, di italiano ho solo le origini, purtroppo.

Il mio sogno è visitare l'Italia e, una volta conseguita la laurea, trasferirmi lì in modo definitivo, magari proprio a Roma, e respirare arte e antichità ogni giorno della mia vita, con la speranza di riuscire a farne il mio lavoro e, fino a cinque minuti fa, ero del tutto certa che avrei realizzato questo sogno.

A quanto pare, però, i miei genitori hanno programmi del tutto diversi.

«Che diavolo significa che non posso andarci? Mi avete sempre detto di poter fare tutto ciò che volevo nella vita e proprio ora che ho finalmente deciso cosa voglio fare, mi dite che non posso andare alla UCLA a studiare Storia dell'Arte, perché?» quasi grido mentre discuto con i miei genitori.

«Non parlare in questo modo a tua madre, signorina» mi redarguisce brusco mio padre dalla sua poltrona preferita. Un obbrobrio di pelle color cammello che stona con tutto il resto dell'arredamento e che, senza dubbio, ha visto tempi migliori, ma che mia madre non è mai riuscita a fargli buttare. O, almeno, rifoderare.

«Va tutto bene, caro» interviene con dolcezza mia

madre, con il suo solito modo di fare conciliatore. «Isabella è turbata, com'è giusto che sia, e ha bisogno di capire che in questo momento dobbiamo essere cauti e non possiamo fare programmi a lungo termine, perché…» mia madre guarda di nuovo mio padre, come se cercasse il suo supporto in questo discorso di cui non afferro il senso, ma lui si guarda bene dall'intervenire, scrollando le spalle e tornando a guardare me.

Secondo lui, e secondo i dettami dell'educazione rigida e obsoleta che ha voluto inculcarmi fin dalla nascita, dovrei farmi bastare il loro "no" senza pretendere ulteriori spiegazioni. *Come no.*

«Perché?» incalzo mia madre, ben consapevole che cederà alla pressione.

Guarda di nuovo mio padre per un attimo e quando lui fa un brusco cenno del capo, alla fine si decide a rispondermi.

«Perché il Boss sta cercando moglie e sua madre ci ha contattati per farci sapere che Mariella è in lizza con un'altra ragazza per essere scelta come sua consorte» mi spiega, felice, mentre io abbasso lo sguardo sul pavimento per cercare la mascella che deve essermi *per forza* caduta per terra. «Per la nostra famiglia, è un onore, ma come puoi immaginare, se tua sorella diventasse la moglie del Boss, tu potresti diventare un bersaglio e noi dovremmo proteggerti, ed è molto più gestibile farlo qui a San Francisco che avendoti a Los Angeles» prosegue come se nulla fosse.

Come se non mi avesse appena comunicato che mia sorella, appena diciassettenne, potrebbe finire tra le grinfie del Boss della Mafia di San Francisco, figura riconosciuta come spietata, senza scrupoli né anima, figuriamoci un cuore.

Ma che cazzo?

Cerco le parole adatte per non sembrare una scaricatrice di porto, giuro che faccio una fatica immensa, ma mi esce soltanto: «Ma che cazzo di scherzo è questo?»

«Ehi» scatta mio padre, rivolgendomi un'occhiataccia.

«Tesoro, devi capire che Mariella è molto bella e per la nostra famiglia sarebbe un enorme passo avanti nella gerarchia delle famiglie di San Francisco se riuscissimo a farla sposare con il Boss» mi osserva per un attimo con un'espressione che oserei definire speranzosa e un po' buffa se la situazione non fosse ai limiti del drammatico.

Quando da parte mia non riceve alcuna reazione, continua: «Ma è fondamentale che anche tu faccia la tua parte. Ecco perché dovrai mostrarti rispettosa delle tradizioni, della famiglia e, ovvio, del Boss e della sua stessa famiglia.»

I miei genitori devono essere impazziti o sotto l'effetto di qualche sostanza stupefacente, non c'è altra spiegazione. Devo almeno provare a farli ragionare con lucidità.

«Mamma, Mariella ha appena diciassette anni, frequenta ancora le superiori, come puoi pensare di darla in sposa a un tizio che non ha mai visto e che, presumibilmente, passa il tempo a uccidere, gambizzare e chissà quali altre atrocità? Vuoi vederla morta? Perché le verrà un colpo, questo è sicuro. Sai anche tu quanto da piccola sognasse il *Principe Azzurro* con tutta quella fantasia con il cavallo bianco, le praterie infinite e il castello in cui vivere per sempre felici e contenti. Andiamo, non puoi credere sul serio che questa sia una cosa buona per la nostra famiglia? Non si può ringraziare, ma rifiutare?» domando guardando entrambi.

A questo punto, è mio padre a prendere la parola.

«Dimmi, Isabella, pensi che questa sia una democrazia? Pensi che sia una società in cui possiamo fare quello che ci pare senza il timore di ritorsioni? Perché, per quanto tua madre veda un onore nell'essere scelti e sia ben chiaro che lo vedo anch'io, so anche cosa succederebbe se rifiutassimo "la gentile offerta" e, credimi, tu non vuoi neppure immaginarlo» conclude con aria tetra e la sua ultima frase mi provoca un brivido lungo la schiena, e non uno di quelli piacevoli.

«Anche se non sono affatto d'accordo, capisco la situazione» replico, perché sì, è vero che ho avuto sempre una vita agiata, ma non sono così ingenua da non sapere cosa faccia mio padre o i suoi "compari", soprattutto quando alcune sere l'ho beccato a rientrare con la camicia sporca di rosso e, non era il rossetto di un'amante.

La realtà dei fatti è chiara ed evidente: la mia sorellina ha bisogno di me e non potrei mai tirarmi indietro, anche se mi costerà parecchio. Sospiro e cerco di recuperare un minimo di razionalità.

«Quindi? Cosa volete che faccia?» domando rassegnata.

«Per ora, ti chiediamo soltanto di darci un po' di tempo per capire come evolverà la questione: tua sorella potrebbe non essere scelta e tutto questo si risolverà in una nuvola di fumo e potremo tornare in fretta alle nostre vite di sempre» sembra rifletterci un momento, prima di continuare. «Nel caso venisse scelta davvero, vorremmo che la accompagnassi in questo percorso, con il sostegno reciproco che vi ha sempre contraddistinte, anche perché sarebbe più facile che sia tu a parlarle di... ehm, come dire, *determinate* cose... ecco, solo in quest'ultimo caso, dovresti mettere in pausa la tua vita per qualche mese, forse un anno al massimo, ma credimi, se ti dico che lo terremo a mente e che, appena sarà possibile, ti faremo studiare ovunque vorrai, qualsiasi cosa vorrai.»

Beh, devo dire che, nonostante un breve momento di chiaro imbarazzo relativo al discorso sesso, l'arringa di mia madre non è affatto male: dopo questo accorato discorsetto, come faccio a dirle di no? Ma, soprattutto, come potrei lasciar sola mia sorella in una disavventura simile? Quindi, faccio l'unica cosa che posso fare da figlia maggiore dei Rizzo, da sorella, da essere umano.

«Va bene. Nel caso venisse scelta, le starò vicina e l'aiuterò a digerire l'idea. Ma nel caso non venisse scelta, inizierò già al secondo semestre, non ho intenzione di perdere l'intero anno» affermo con un tono che non ammette repliche e, in effetti, nessuno dei due ribatte.

Per il momento, mi accontento di questa piccola vittoria. Non è molto, ma almeno ho avuto l'ultima parola.

Senza aggiungere altro, mi volto e me ne torno in camera mia. Ho bisogno di starmene per conto mio, di trattenere le lacrime e, soprattutto, di staccare i pensieri e di capire come fare a resistere, come riuscire a mettere in pausa la mia vita, perché nessuno conosce la mia sorellina quanto me.

Mariella è bellissima, con un fisico invidiabile, un viso angelico e un carattere così dolce e remissivo che, ne sono certa, farà perdere la testa alla madre del Boss, e non sono affatto sicura che sia un onore.

Ho visto la signora Mancuso solo in un paio di occasioni, l'ultima al funerale di suo marito poco meno di un anno fa, e non l'ho vista versare una lacrima, dritta come un fuso per tutta la cerimonia, una donna che pretende rispetto e incute timore solo a guardarla.

Cercherà di plasmare mia sorella a sua immagine? O la lascerà crescere a modo suo senza cercare di influenzarne la personalità?

Se dovesse forzarla a fare qualcosa contro la sua natura, so già che mi ci scontrerò e nessuno vuole scontrarsi con la famiglia del Boss. *Che situazione orribile!*

Faccio un sospiro profondo, realizzando che sospirare diventerà una delle cose che farò più spesso nel prossimo futuro, e chiudo gli occhi.

CAPITOLO QUATTRO

FRANK

San Francisco è la mia città.

Da quando sono nato, i miei genitori non hanno fatto altro che ripetermi questo concetto, fino a instillarmelo persino nelle ossa.

La famiglia Mancuso detiene il potere da quando, ormai sessant'anni fa, mio nonno, a seguito della morte del Boss Abati, sfidò il Secondo del Boss e ne uscì vincitore.

La storia della mafia a San Francisco, però, ha radici molto più profonde che arrivano fino agli Anni Trenta del Novecento, quando Francesco "Frank" Lanza uscì vincitore dalla faida interna che si era scatenata e assunse il controllo dal 1932, anno in cui fondò di fatto la "famiglia" con una sessantina di Uomini d'Onore al suo servizio e ne ampliò il raggio d'affari, inserendo attività come il gioco d'azzardo, le scommesse clandestine, gli appalti truccati, le estorsioni, la prostituzione, il contrabbando e il caro vecchio racket. Durante la sua reggenza, suo figlio Jimmy lo supportò rafforzando e consolidando i rapporti con le famiglie di Los Angeles, New York, New Orleans, Chicago e Dallas.

Da quando si è insidiata al comando la famiglia Mancuso, questi rapporti sono stati ulteriormente rafforzati perché crediamo nei valori di rispetto e trasparenza tra Uomini d'Onore e i nostri rapporti con i Capi delle altre città sono idilliaci, fatto per niente scontato.

Chi, invece, ci dà una marea di problemi sono i maledetti *Ghosts*, un club MC che lavora al di là della legge, ma con furbizia sufficiente a non farsi beccare quasi mai.

Dallo scorso anno, si sono messi in testa di voler conquistare il predominio su alcune zone della città, in particolare su *Fisherman's Wharf*, uno dei punti turistici più importanti in cui lavoriamo tantissimo con spaccio, estorsioni e prostituzione, e il *Marina District*, dove i nostri affari si concentrano sulla protezione che offriamo a negozi e ristoranti e sul riciclaggio di denaro.

La mia opinione è che quelle due zone siano di loro interesse perché sono le più vicine al *Golden Gate Bridge*, via di fuga che utilizzano spesso per sparire nella boscaglia presente dall'altro lato del ponte. Zona verde in cui abbiamo anche noi un magazzino che, talvolta, usiamo per interrogatori e per far sparire i problemi, se capite cosa intendo.

33

Quando sono a metà del ponte, chiamo Alex.

«Tra cinque minuti sono lì. Come procedono le cose?»

«Abbiamo iniziato il colloquio, ma ci sono alcune difficoltà da sistemare, però sono convinto che potremmo risolverle con un po' di costanza» mi spiega in codice.

Maledette intercettazioni telefoniche.

«Quell'amabile ragazzo vorrà parlare con me, senza dubbio: voi spiegategli pure la parte divertente del lavoro, io gli spiegherò il resto delle regole, in modo che siano chiare a lui e agli altri.»

Tradotto: picchiatelo, spaventatelo, ma lasciatelo cosciente, perché ne farò un monito per chiunque nutrisse dubbi sulla mia posizione.

«Certo, fratello... oh merda, volevo dire certo, Capo.»

Sbuffo una risata. Il mio migliore amico continua a incartarsi e, a volte, mi chiama Capo, come ci si aspetta, altre torna a chiamarmi fratello, come ha fatto per una vita intera. Non me la sarei certo presa per questo.

«Sono alla fine del ponte, di' alle guardie di aprire i cancelli.»

«Certo, *Boss*.»

Stavolta, fa attenzione a usare il mio titolo e mi viene voglia di ridere a crepapelle.

Fossero tutti questi i miei problemi.

Riaggancio senza replicare e mi concentro sulla strada, schiacciando il piede sull'acceleratore. Non vedo l'ora di scoprire chi abbia avuto le palle di avvicinarsi a uno dei miei uomini e lo abbia convinto a tradire me, la sua famiglia e tutti i valori in cui credevamo, e dopo mi sarei proprio divertito perché gli avrei dato la caccia e quelle palle gliele avrei tagliate e fatte ingoiare.

San Francisco è la mia città per una cazzo di buona ragione e gliel'avrei mostrata.

Al mio ingresso nel magazzino, tutti gli uomini presenti chinano il capo in segno di saluto, ricambio e mi avvicino subito all'uomo legato alla sedia.

«Chi è questo coglione?» domando a nessuno in particolare.

Com'è ovvio, è Alex a rispondere. «Si chiama Tony, ventiquattro anni, uomo d'onore da sei; suo padre è stato un leale Uomo d'Onore fino alla sua morte in una sparatoria quattro anni fa, sua madre è morta dando alla luce sua sorella minore, che ora studia al college.»

«Vediamo se ho capito bene: tuo padre è morto nel compimento del proprio dovere e, pertanto, l'organizzazione mantiene te e tua sorella con una rendita vitalizia, e tu pensi bene di tradirci?» domando sarcastico. «Dunque, non sono i soldi la ragione per cui hai tradito la tua famiglia. Ma questo cosa lascia fuori? L'onore? Mmh, no. Tuo padre è stato fedele fino alla morte. Il nemico ti ha sedotto? Avanti, spiegami» lo invito, ma lui resta in silenzio.

Mettiamo alla prova questa testardaggine.

Anche quando lo colpisco con un pugno sulla mandibola, e poi sul naso, sentendo in modo distinto il rumore dell'osso spezzarsi, il bastardo resta in silenzio.

Comincia a spillare sangue, ma alza lo sguardo e non vedo paura nei suoi occhi, solo un enorme senso di sfida che gli farò ingoiare a suon di pugni.

Faccio cenno a uno degli uomini alle sue spalle di liberarlo dalle fascette: stronzi di questo tipo vanno affrontati di petto, e io lo avrei fatto davanti ai miei stessi uomini.

Da un punto di vista oggettivo, riconosco il fatto di essere un Boss giovane e ho bisogno che capiscano che non mi spaventa sporcarmi le mani. In particolare, con chi pensa di potermi tradire e farla franca.

Appena viene liberato, lo stronzo scatta in piedi e fa roteare le spalle, si tasta il naso, ma non arretra di un centimetro. Piuttosto, torna a guardarmi con aria di sufficienza. Come se lui fosse superiore al sottoscritto. *Puah. Sono proprio curioso di vedere quanto reggerà.*

«Molto più semplice» replica alla mia richiesta precedente, sputando sangue e saliva prima di continuare. «Non hai le palle per fare il Boss. Non vali nemmeno la metà di tuo padre e lo sanno tutti.»

So molto bene che si tratta di una provocazione, una piuttosto infantile a dirla tutta, ma questo non mi impedisce di vedere rosso dalla voglia di pugnalarlo un migliaio di volte, fino a renderlo carne da macello. Mantengo il suo sguardo e dalla mia espressione non trapela la minima reazione.

«Ma davvero? E, dimmi, quanto ti hanno dato per diventare la puttana dei *Ghosts*? Per quale cifra ti sei piegato per consegnare loro le mie palle inesistenti, eh? Quanto vale il *tuo* culo?»

La provocazione è un'arte che possiamo praticare in due, ma il controllo è un'altra cosa. Io so di essere di ghiaccio, mi ha insegnato mio padre l'arte della "maschera da poker", come la chiamava lui, e mi ci sono voluti anni per mettere in pratica tutti i suoi insegnamenti.

E adesso, questo traditore e anche i miei uomini capiranno che per quanto giovane possa essere, sono anche un figlio di puttana pronto a tutto per mantenere il controllo sull'organizzazione.

Questo stronzo è ben consapevole che l'unica conclusione possibile di questo incontro è la sua morte, ma piuttosto che mostrarsi pentito e guadagnarsi una morte veloce e indolore, vuole rendersi la strada ancor più ardua.

E io sono qui per accontentarlo.

Stiro le braccia, mi prendo tutto il tempo per consegnare a Alex armi e coltelli che ho sempre addosso e nel frattempo sento l'adrenalina iniziare a pomparmi nelle vene, ma la tengo a bada, torno a guardare lo stronzo con una maschera ben confezionata di fredda calma. Non gli mostro la vibrazione eccitata che prende vita dentro di me, stringo i pugni e mi faccio avanti, iniziando a colpirlo a ripetizione.

Ho voluto mostrare a tutti che sono disarmato, perché non ho bisogno di armi. Sono io l'arma più letale in questo fottuto magazzino.

Con un paio di pugni ben assestati, gli rompo il setto nasale e, poco dopo, si ritrova con un occhio quasi del tutto chiuso. Il suo ritmo comincia a scendere, l'effetto dell'adrenalina iniziale con cui mi ha sfidato sta scemando e ora resterà solo un coglione piagnucolante in cerca di pietà. Una pietà che non ho mai concesso a nessuno, figuriamoci a uno stronzo del genere.

Lo colpisco ai fianchi, puntando ai reni. Non ho alcuna fretta di finirlo, mi sto appena scaldando e lui ha messo a segno solo un colpo sul petto che ho sentito a stento.

Ha il fiato corto e si guarda intorno, sta perdendo lucidità e si sta rendendo conto della situazione di merda in cui si è cacciato, e nei suoi occhi balena una scintilla di timore.

Ci siamo.

«Bene, Tony. Se sei pronto a parlare, ci sono due modi in cui può finire: la strada facile oppure la strada difficile. Nel primo caso, rispondi a tutte le domande senza farmi perdere tempo, senza provare a rifilarmi stronzate, e io sarò misericordioso concedendoti una morte rapida e indolore; nel secondo caso, ci metteremo più tempo e forse non potrai rispondere a voce alle mie domande perché ti taglierò la lingua. Potrai scrivere, però, perché ti lascerò la mano dominante, l'altra te la taglierò via dito dopo dito. Allora, come vuoi presentarti al Creatore? Per intero o a pezzi?» domando, pregustando la sensazione di euforia per ciò che verrà.

«Fottiti, stronzo, da me non saprai un cazzo» replica sprezzante sputando a terra sangue e saliva.

Inspiro a pieni polmoni, gli rivolgo il più letale dei miei ghigni e torno a casa, immergendomi in profondità nell'oscurità che regna dentro di me.

Inizia lo spettacolo.

CAPITOLO CINQUE

FRANK

Dopo aver già rimandato due volte per "impegni improrogabili", questa sera non ho potuto esimermi in alcun modo dalle presentazioni ufficiali con la famiglia che mia madre ha selezionato dopo un esame accurato.

Ha sottolineato come abbia tenuto fede alle mie richieste, escludendo tutte le ragazze già promesse e quando mi ha parlato delle due finaliste Mariella e Martina, ho escluso a priori quest'ultima in quanto sedicenne, ignorando con fermezza il fatto che i genitori avrebbero acconsentito comunque al matrimonio.

Va bene che sono un figlio di puttana perverso, ma non sarò mai un fottuto pedofilo.

Stasera, dunque, sembra proprio che conoscerò la

povera disgraziata che, suo malgrado, e salvo imprevisti, diventerà la signora Mancuso.

Di lei, so soltanto che si chiama Mariella Rizzo, che ha diciassette anni ed è vergine, un punto che mia madre ha tenuto a precisare più volte, nonostante sia tutt'altro che un pregio per il modo in cui a me piace scopare – ma ho ritenuto non fosse il caso di informarla al riguardo.

Quando passo a prendere mia madre, il mio autista le apre la portiera e per un attimo resto attonito nel vederla indossare un abito lungo talmente appariscente da sembrare pronta per un matrimonio, altro che cena di ufficializzazione.

Sarà una lunga serata, già lo so.

Spero solo di non ringhiare troppo, altrimenti rischio di spaventare a morte quel povero agnellino sacrificale.

Mia madre non prova nemmeno a portare avanti una conversazione e risponde a monosillabi alle domande che cerco di porgerle.

Il viaggio è abbastanza breve e la casa dei Rizzo è una villetta a due piani nel quartiere residenziale di San Francisco, più piccola di casa di mia madre, ma fa comunque la sua figura.

Quando scendiamo dall'auto, veniamo accolti da una coppia distinta che mi saluta con il dovuto rispetto, si congratula per il mio recente avanzamento nell'organizzazione, per la mia guida, per il modo in cui ho degnamente sostituito mio padre e porgono i loro omaggi anche a mia madre, che adora questo tipo di convenevoli, mentre io ne vengo solo snervato e infastidito.

«Boss, siamo davvero lieti di avervi in casa nostra. Per me e mia moglie, è un onore che la nostra famiglia sia stata selezionata per un ruolo tanto importante e nostra figlia Mariella è entusiasta e non vede l'ora di conoscervi» mi incensa il padre, di cui non ho ancora afferrato il nome, ma recito la mia parte alla perfezione.

«Signor Rizzo, non poteva esserci scelta migliore di questa: so bene che vi siete tanto impegnato per la nostra organizzazione e che la vostra dedizione continua a essere costante, proprio come so che mio padre vi teneva in alta considerazione. Vi prego, però, chiamatemi Frank e datemi del tu; d'altronde, stiamo per diventare una grande famiglia.» Cerco di fare dell'umorismo, per alleggerire la formalità dell'atmosfera, un po' troppo pesante per i miei gusti.

«Oh, ma certo. Vada per Frank, allora. Mandiamo a chiamare le nostre figlie, in modo che possiate presentarvi prima di accomodarci a tavola» si infila nella conversazione la signora Rizzo, una bella donna dagli occhi verdi.

Nemmeno se le avesse evocate, sentiamo dei tacchi scendere le scale e, pochi secondi dopo, si affacciano nel salone due giovani donne, così diverse che solo gli occhi verdi presi dalla madre mi fanno capire che sono sorelle: entrambe hanno una pelle di porcellana e indossano un casto tubino nero al ginocchio poco scollato, ma le somiglianze finiscono qui.

Una è magra e minuta, non supererà il metro e sessanta, ha i capelli chiarissimi da sembrare quasi bianchi e, quando incrocia i miei occhi, abbassa lo sguardo all'istante; l'altra la stacca di almeno dieci centimetri, ha una vita sottile, ma fianchi e seno prosperosi, capelli scuri come la notte, delle labbra peccaminose e uno sguardo così infuocato che se gli sguardi potessero uccidere, in questo momento, sarei carbonizzato e agonizzante al suolo, dannazione.

Fa' che sia lei Mariella, mi ritrovo a sperare e stupisco

persino me stesso.

«Signora Mancuso, Frank, lei è nostra figlia maggiore, Isabella» la presenta il padre e quella dea dagli occhi di fuoco fa un passo avanti senza mai staccare lo sguardo dal mio e, che Dio mi aiuti, la mia mente crea immagini parecchio dettagliate nella loro perversione e sensualità che mi viene il dubbio si riflettano nei miei occhi, perché la vedo spalancare un po' i suoi, arrossire e poi accennare un sorrisino malizioso.

Glielo strapperei a morsi.

«Buonasera, è un onore che stasera siate nostri ospiti» ci saluta Isabella e la sua voce è leggermente più roca di quanto immaginassi e colpisce tutti i punti giusti nei miei pantaloni.

Menomale che a salvarmi arriva la signora Rizzo, con un sorriso grande quasi quanto quello di mia madre.

«Lei, invece, è Mariella, nostra figlia minore, ha diciassette anni, ma a breve ne compirà diciotto.»

«M-molto pi-piacere» farfuglia quella ragazzina e l'unica cosa che riesce a provocarmi è un'immediata ondata di tenerezza.

Che Dio mi aiuti.

Faccio un passo avanti e le stringo una mano, che trema in modo evidente, e mi sento un completo stronzo.

Perché cazzo ho lasciato che fosse mia madre a decidere?

Non posso sposare questa ragazzina, non riesce nemmeno a guardarmi in faccia. Cosa pensa? Che tirerò fuori la pistola e comincerò a dare di matto? O che le torturerei il gatto, sempre che ne abbia uno.

Merda, devo tirarmi fuori da questo casino, ma come diavolo faccio?

Ho bisogno di tempo per riflettere e ragionare sulla migliore strategia da mettere in atto.

«Le vostre figlie sono incantevoli» dico con sincerità, rivolgendomi ai signori Rizzo e noto le occhiate interrogative che mi lanciano il signor Rizzo e anche mia madre.

So molto bene che la tradizione prevede che il futuro sposo faccia complimenti solo alla "prescelta", ma mi auguro che, in questo modo, entrambi capiscano l'antifona.

«Accomodiamoci per un aperitivo» invita la signora Rizzo, ignara della tensione crescente.

«Mi sembra davvero un'idea magnifica, Assunta, credo che potrebbe aiutare tutti a rilassarsi un po'» commenta conciliante mia madre, fornendomi un cortese promemoria del nome della signora Rizzo.

Doverosamente appuntato, visto che diventerà mia suocera, e questa è l'unica cosa certa della serata.

Trattenendo un ghigno cospiratorio, mi sposto verso il salotto arredato con gusto, che non ostenta l'opulenza della casa dei miei genitori, ma si capisce con facilità che non se la cavano affatto male.

D'altronde, dalle informazioni che ho avuto sul signor Rizzo, so che è un Uomo d'Onore da parecchi anni e si occupa anche di alcune questioni amministrative: in breve, distribuisce marchette per farci vincere gli appalti edilizi in città, e quando non succede, passa alle maniere forti.

Il fulcro del salotto è un tavolo di cristallo imbandito alla perfezione con cristalleria e argenteria di prima qualità: solo il meglio per il Boss.

Mi verrebbe da sogghignare e scuotere la testa a queste formalità superflue, ma mi trattengo per rispetto al ruolo che interpreto. *Un ruolo che dovrò interpretare per tutta la vita*, ricordo a me stesso.

Una cameriera serve alle ragazze un drink analcolico di colore rosso dall'odore dolciastro e agli adulti un calice di ottimo prosecco italiano, dal gusto intenso, con una nota frutta e una spiccata acidità.

Ne bevo un sorso generoso, per prendere tempo e sperando che mi renda più affabile del solito.

Devo stare attento a non spaventare la ragazzina, almeno non più di quanto lo sia già, se voglio avere una minima possibilità di conquistare quella dea che continua a fulminarmi con lo sguardo a pochi passi di distanza.

«Dimmi, Mariella, cosa ti piace fare nel tempo libero?» cerco con educazione di rompere il ghiaccio, mantenendo un tono gentile e optando per una domanda poco impegnativa.

Non vorrei fare brutta impressione con la mia futura cognata.

Lei diventa di un rosso acceso al punto che temo le verrà un colpo e abbassa la testa. Farfuglia qualcosa, cerca con lo sguardo la sorella, che annuisce per farle coraggio e, alla fine, riesce a dire: «M-mi piace le-leggere e a-amo praticare la d-danza classica.»

Dio, aiutami, se per ogni domanda ci metterà un'eternità a rispondere, sarà davvero una serata infinita.

Subito dopo, colgo l'occhiataccia di fuoco che mi rivolge la sorella maggiore e mi chiedo se la mia espressione abbia tradito qualcuno dei miei pensieri.

Impossibile, la mia faccia da poker è già famosa nell'organizzazione, di certo questa ragazzina non può sapere cosa ho pensato.

Tuttavia, per evitare di offendere qualcuno, mi ricompongo in fretta e riprovo con una domanda altrettanto semplice.

«Sai già cosa ti piacerebbe studiare dopo il diploma?»

Mia madre si volta di scatto nella mia direzione, fulminandomi con lo sguardo, ma non dice nulla. *C'è qualcosa che dovrei sapere?*

Per un attimo, Mariella sembra ancora più smarrita, ma si riprende in fretta e risponde: «Mi piace la le-letteratura, in pa-particolare quella francese. Il mio sogno sarebbe visitare Parigi.»

A quel punto, mia madre si schiarisce la gola e non resiste oltre prima di dire la sua.

«Non preoccuparti, cara. Se tutto dovesse andare per il meglio, non ci sarà alcun bisogno di proseguire con gli studi. Il tuo ruolo ti consentirà di restare a casa e dedicarti ai tuoi passatempi preferiti.»

Quasi mi strozzo con il prosecco a quell'assurdità.

Ma che siamo nell'Ottocento?

Sul serio, mio padre è riuscito a cancellare l'arcaica usanza delle lenzuola insanguinate dopo la prima notte di nozze e mia madre sta proponendo che questa ragazzina si precluda ogni possibilità di studio per fare la casalinga.

Fanculo, devo mordermi la lingua per evitare di replicare in malo modo a mia madre e sono sicuro che Isabella stia facendo esattamente la stessa cosa, perché riesco quasi a vedere il fumo uscirle dalle orecchie, ma dura solo un attimo e si riprende stampandosi un sorriso affabile sul viso.

Ti vedo, bambolina.

Cazzo, se ti vedo.

CAPITOLO SEI

ISABELLA

Non ci posso credere, che cosa ho appena sentito?
Dove diavolo siamo stati catapultati, nel Medioevo?
Questa tizia vuole che mia sorella smetta di studiare e
passi il tempo a... fare cosa? La calza? Cucinare dolci?
Leggere un libro?
Dio, questa situazione mi sta già mandando fuori di testa
e non oso immaginare come stia Mariella.

Ho dovuto trattenermi dal parlare quando ho notato
l'occhiataccia di mio padre, ma vorrei davvero trovare
un momento per discutere con mia sorella, confortarla,
rassicurarla, per dirle che andrà tutto bene.

Purtroppo, però, la cena è appena all'antipasto e
sono sicura che mi toccherà mandare giù qualche altro

boccone amaro prima della fine della serata.

Tiro fuori il sorriso più falso che posso e continuo a stuzzicare, anche se mi si è chiuso del tutto lo stomaco.

Sposto lo sguardo dalla signora Mancuso al Boss e poi dico: «Sono certa che il Boss possieda tutte le capacità necessarie a trovare un modo per conciliare senza intoppi le passioni di Mariella con il suo ruolo da consorte.»

E addio diplomazia. Ci provo, giuro che lo faccio, ma non riesco ad ascoltare in silenzio stronzate di questa portata.

Andiamo, siamo nel ventunesimo secolo, si può studiare *online* senza la minima difficoltà, facendosi recapitare a domicilio i libri e sostenendo gli esami in videoconferenza: tutto senza mai mettere il naso fuori di casa e questo matrimonio per mia sorella dovrebbe significare rinunciare a tutto? No, non ci sto.

Se da una parte, comprendo la posizione del Boss e di sua madre, dall'altra non posso lasciare che mia sorella diventi una bambola di pezza tra le loro mani: la mia sorellina ha sempre sognato di andare a Parigi per studiare e, un giorno, riuscire a trasferirsi lì in modo permanente. Parte di quel sogno è già sfumato, ma come faccio a far buon viso a questo gioco terribile? La situazione non può che peggiorare e non posso restare inerme a guardare.

«Occuparsi della casa, degli eventi con le donne dell'organizzazione e le attività di beneficenza terranno tua sorella molto occupata e, poi, quando arriverà il bambino, dovrà occuparsi di lui a tempo pieno» afferma la signora Mancuso senza battere ciglio e senza scomporsi affatto.

Sono sciaccata, non sta *affatto* scherzando.

«E si sa già quando dovrebbe nascere questo

bambino?» Non riesco a reprimere il sarcasmo nella voce, guadagnandomi un'altra occhiataccia da parte di mio padre, mentre accanto a me, Mariella trema un po' e io vedo rosso.

Alzo lo sguardo verso il Boss pronta a mandarlo a fanculo, ma lo trovo quasi sul punto di ridacchiare e quegli occhi, *cazzo*, quegli occhi sembrano pronti a spogliarmi davanti a tutti e, nell'arco di un secondo, passo dalla rabbia al provare un incredibile calore nel ventre... *no, non può piacermi proprio questo tizio. Chiunque, ma non lui.*

Purtroppo, i miei occhi funzionano fin troppo bene e questo tizio, se non fosse chi è, sarebbe il mio tipo d'uomo ideale: alto e muscoloso, ma senza risultare troppo grosso, capelli neri come l'inchiostro, occhi azzurri così chiari da sembrare quasi irreali e una fossetta sulla guancia destra che lo fa assomigliare a un angelo caduto, ma non dubito nemmeno per un secondo che, in realtà, sia un vero demonio.

Lo vedo dal luccichio malizioso e pericoloso che gli brilla negli occhi, nel modo in cui studia l'ambiente circostante e, anche se il suo linguaggio del corpo lo rende difficilmente interpretabile, i suoi occhi mi parlano dal primo momento in cui li ho incrociati.

Ignara della mia lotta interiore, la signora Mancuso mi distoglie dalle mie riflessioni con la sua fredda risposta.

«Prima è, meglio è. D'altronde, sono giovani questi ragazzi, mica vorranno fermarsi a un solo figlio.»

Non ho nemmeno la forza di incazzarmi con lei e poi, *cosa diavolo stanno facendo i miei genitori?* Continuano a mangiare come se nulla fosse, mentre la domestica serve il primo, come se questa tizia non stesse suggerendo di ingravidare la mia sorellina diciassettenne che, per inciso, non ha mai avuto nessun ragazzo, il prima possibile.

Mi sembra di essere in una *candid camera*, che ha lo scopo di vedere quanto reggo prima di perdere le staffe. *Non manca molto.*

«Mmh... non so se vorrò subito un figlio» interviene serio il Boss, attirando su di sé l'attenzione di tutti. «D'altronde, ho assunto il comando da poco e voglio prima trovare un equilibrio.» Quasi sospiro di sollievo alle sue parole. «Questo non toglie che dovremmo fare diverse prove tecniche» conclude con un tono che non lascia dubbi sul tipo di prove di cui sta parlando e a me viene una voglia incredibile di scaraventargli in faccia il mio piatto di fettuccine.

Quando lo incenerisco con lo sguardo, lui ricambia con un sorriso malizioso che quasi mi fa sciogliere sul pavimento. Con la coda dell'occhio, vedo Mariella impallidire e tremare in modo ancor più vistoso.

«I-io...» prova a dire mia sorella.

«Non preoccuparti, se diventerai mia moglie, non dovrai nemmeno più disturbarti a parlare» la interrompe quel villano e nessuno, *nessuno*, interviene.

Mia sorella riprende colore di colpo, ma non continua, né gli lancia addosso qualcosa, e io ho la netta sensazione che il fumo abbia iniziato a uscirmi dalle orecchie.

Poco dopo, viene servita l'ennesima portata, ma io sono lontana anni luce, persa nei miei ragionamenti mentre cerco di capire come potremmo uscire da questa maledetta trappola: so che papà ha ragione e che rifiutare è fuori discussione perché significherebbe offendere il Boss e sua madre, e di certo non finirebbe bene per la mia famiglia; ma anche lasciare che mia sorella sposi questo zotico è un'opzione impraticabile, dovrà prima passare sul mio maledetto cadavere.

Eppure, sembro l'unica attonita di fronte a questi discorsi medievali.

La signora Mancuso sorride soddisfatta della totale mancanza di ribellione di mia sorella, sempre più imbarazzata e rassegnata al suo destino, i miei genitori continuano a osservare i loro piatti come se non ci fosse nessun altro a questo tavolo.

E lui, *quello stronzo*, continua a fissare *me*, non la sua futura sposa. Il suo sguardo è fisso su di me e del tutto indecifrabile.

La sua espressione in questo momento è una maschera priva della minima emozione, ma sono piuttosto sicura che sul mio viso legga tutti i "vaffanculo" che vorrei urlargli contro; quindi, non riesco proprio a capire perché sembra stia trattenendo un sorriso.

Proprio lui si schiarisce la gola e poi domanda a mia sorella, presumo, perché i suoi occhi rimangono nei miei. «Hai già idea di quali posizioni vorrai tenere?»

Quasi mi strozzo, di nuovo.

Che cosa diavolo ha appena detto?

«Prego?» replico con durezza al posto di mia sorella, che ormai ha il volto in fiamme.

Lui finge un'espressione sorpresa, come se non si aspettasse il mio intervento—*maledetto bugiardo, sapevi che lo avrei fatto*—e accenna un sorriso.

«Mi chiedevo solo quali posizioni vorrà portare avanti tua sorella: se vorrà ospitare un party alla settimana o se preferirà organizzarli solo per le festività comandate, o una via di mezzo, come mia madre. E poi, se vorrà partecipare a tutti gli eventi politici e di beneficenza previsti dalle nostre collaborazioni o se preferirà partecipare solo a quelli in cui sarà prevista la stampa.»

Mi trattengo a malapena dal ridergli in faccia, perché ho capito la sua strategia e devo stare molto attenta a non reagire proprio come vuole lui.

Lui rivolge un'ultima occhiata nella mia direzione e poi torna a guardare con attenzione mia sorella, che non ha ancora risposto alla domanda precedente.

«Sei davvero bellissima, Mariella. Scommetto che hai tantissimi corteggiatori» inizia affabile, e io mi chiedo dove voglia andare a parare adesso. «So anche che l'educazione dei tuoi è stata impeccabile, ma a questo tavolo conosciamo tutti la natura che avrà questo matrimonio; pertanto, non prendere la mia schiettezza nel modo sbagliato, perché non è mia intenzione offendere nessuno, ma mi domandavo se tu avessi acquisito un po' di esperienza sul campo o se almeno sapessi come si fanno i bambini? Non vorrei che debba essere mia madre a spiegarcelo e, come sai bene, sono un uomo molto indaffarato a causa del mio nuovo ruolo; ecco perché non vorrei ritrovarmi con una moglie a cui dover spiegare persino le basi.»

A mio padre va di traverso l'acqua, la mamma finge di bofonchiare qualcosa con la signora Mancuso, che a sua volta finge di ascoltare, ma so che sono tutti in attesa della risposta di Mariella.

Mia sorella sembra pronta a buttarsi dalla finestra, è ormai paonazza e io soffro per lei, per la mia sorellina indifesa, che non ha mai dovuto difendersi da nulla, perché ci sono sempre stata io, a litigare con i nostri genitori, a portare avanti le nostre battaglie, a prendermi la colpa anche per le sue marachelle. E adesso sembra un gattino spaurito che non ha armi con cui difendersi. E io dovrei stare al mio posto, lasciando che venga massacrata da un giocatore ben più esperto.

Già, perché Mancuso è proprio uno stronzo, non ci sono dubbi. Come osa venire in casa nostra e parlare in questo modo alla mia sorellina?

Comincio a sragionare, anche perché mi sarei aspettata un atteggiamento molto diverso dai nostri genitori: lasciare che il Boss tratti la loro figlia come carne da macello mi sembra troppo.

Penso e ripenso, rimugino su come liberarci da questa incombenza, ma non trovo vie di scampo. Tranne... *forse una cosa c'è.*

Potrebbe essere l'unica soluzione e non mi rimane altro da fare.

Non posso permettere che mia sorella venga condannata a quella vita: lei è gentile con tutti, sempre positiva, riesce a trovare del buono anche nelle persone peggiori. Una vita accanto a questo tizio la annienterebbe e io sono la sua sorellona, la sorella maggiore che la proteggeva da tutto e non posso esimermi proprio davanti alla sfida più grande di tutte.

Che si fottano tutti.

Rivolgo un ultimo sguardo a mia sorella, ai miei genitori che fingono indifferenza e mi volto verso quello stronzo, con lo sguardo più letale che ho.

«Beh, allora dovresti sposare me» affermo sicura di scioccarlo.

Sento il brusco sussulto delle donne sedute a tavola e il sibilo d'avvertimento di mio padre, ma la mia attenzione è tutta su di *lui.*

Lo osservo con estrema attenzione e, mentre la sua bocca si allarga in un sorriso compiaciuto, il suo sguardo assume un luccichio vittorioso.

Merda, mi ha appena fregata.

CAPITOLO SETTE

FRANK

Brava la mia bambolina!
Sei caduta dritta nella mia trappola e chi sono io per dirti di
no?

«Beh, credo sia il caso che io e Isabella discutiamo un momento in privato di questo inaspettato risvolto, ma voi proseguite pure con il dessert» propongo con fare indifferente, ma rivolgendo agli altri commensali un'occhiata che li sfida a contraddirmi.

Quando nessuno avanza obiezioni, non indugio oltre, mi alzo e mi avvicino alla sedia di Isabella, porgendole il braccio da vero galantuomo, ma lei inarca un sopracciglio, perché non si beve la mia recita.

Dopo un attimo di esitazione, esibisce un sorriso che so

bene essere finto quanto la mia galanteria e accetta il mio braccio prima di condurmi nel salottino adiacente.

In quel breve contatto fisico, percepisco una vibrazione e una tensione sessuale che basterebbero a illuminare la *Union Square*, ma da fuori sembriamo quasi rigidi, impacciati, come se stare vicini ci costasse uno sforzo fisico.

Sì, uno sforzo tremendo per evitare di saltarci addosso.

Appena la porta si chiude alle nostre spalle, si stacca dalla mia presa con forza e la lascio libera. Ha bisogno di sfogarsi e io ho bisogno di un momento per combattere l'eccitazione che mi pervade la mente.

E il cazzo.

Non le do il tempo di ricomporsi, però, perché la vita mi ha insegnato che la miglior difesa è l'attacco, sempre.

«Avanti, in pratica ti sei messa in ginocchio per implorarmi di sposarti e adesso vuoi fare la timida?» la provoco e la sua reazione non tarda ad arrivare.

Si volta di scatto nella mia direzione e il suo sguardo brucia, e mi eccita. Me la farei contro il muro alle sue spalle e quegli occhi verdi che ardono come l'inferno mi danno la certezza che sarebbe una delle migliori scopate della mia vita.

«Vaffanculo» dice ed espira pianissimo, come se si fosse trattenuta troppo a lungo e immagino sia dall'antipasto che volesse mandarmici.

Ma non posso lasciargliela passare. In due falcate, le arrivo vicino, a meno di un metro di distanza.

«Vuoi aiutarmi tu, bambolina?»

Si irrigidisce appena sente il nomignolo, non lo sopporta, è evidente e la cosa mi diverte senza un motivo preciso. Decido di provocarla ancora, voglio vederla sbottare. Non la conosco, ma sono certo che vederla perdere le staffe potrebbe essere interessante.

Mi metto una mano sul cavallo dei pantaloni, strizzandomi l'erezione già in tiro.

«A me non dispiacerebbe affatto piegarti a novanta su quel tavolo e ficcartelo dentro, mentre discutiamo di abiti e fiori.» Ammicco, mentre un rossore le sale lungo il collo e sbuffa dal naso.

È inferocita e mi verrebbe quasi da ridere se non fosse che il cazzo ha cominciato a tirarmi sul serio e devo darmi una regolata.

«Ascoltami bene, *Boss*. Non ho proposto questa unione per essere derisa o maltrattata e mi aspetto di essere trattata con dignità e rispetto, di certo non ciò che ho visto a quel tavolo. Mi sembra persino assurdo doverlo mettere in chiaro.» Sbuffa di nuovo, esasperata.

Ho notato come ha impregnato di derisione il mio titolo e, se me ne fregasse qualcosa, potrei vederla come una mancanza di rispetto imperdonabile.

Quello che mi interessa davvero, però, è che la bambolina nasconde degli artigli affilati con cui più avanti mi sarei divertito a giocare, ma in questo momento l'unica cosa che conta è farle capire chi comanda, altrimenti rischia di essere una minaccia al mio dominio e alla mia supremazia, e questa debolezza si paga in un solo modo: la morte.

Mi avvicino ancora un po'.

«Se pensi di aver trovato il principe azzurro nel castello incantato, *bambolina*, avrai un brutto e brusco risveglio, perché io sono il tuo padrone e il carceriere di questo maledetto castello, in cui tu farai meglio a startene buona» le spiego con fermezza e inasprendo il tono della voce in modo che il messaggio arrivi forte e chiaro. Ma la bambolina deve essere un po' dura di comprendonio.

«Non so chi diavolo pensi di essere, ma non starò qui a farmi trattare come una schiava o peggio...» comincia la sua invettiva.

«Io sono il fottutissimo padrone di questa maledetta città, bambolina. E sì, tu starai ovunque io ti dica di stare e farai tutto il cazzo che voglio. E se ti dirò di ridere, tu riderai. Se ti dirò di saltare, tu salterai. Senza esitazioni o qualcuno si farà male, molto male. Puoi scommetterci quel tuo bel culetto sodo» la interrompo in malo modo.

«Sei proprio uno—» riprova.

Le vado a un centimetro dalla faccia e un angolo della mia mente registra con piacere le sue pupille dilatarsi lievemente: non le sono indifferente.

Interessante.

«Cosa? Cosa sono? Dai, bambolina, finisci quella frase e mi divertirò a tagliar via un paio di dita dalla mano delicata della sorellina che ti ostini tanto a proteggere. Che ne pensi? Vale ancora la pena ribellarti e lottare contro di me? Pensi di avere una qualche possibilità?»

Isabella resta in silenzio, ma il suo viso assume una sfumatura di rosso che segnala in modo inequivocabile la rabbia che le ribolle dentro. Vedo nel suo sguardo la furia, la voglia che avrebbe di staccarmi la testa e, per quanto perverso e contorto possa essere, mi eccita ancora di più.

Non devo perdere di vista il problema, però: questa donna diventerà la moglie del Boss, diventerà *mia* moglie e ci si aspetta che mantenga un comportamento appropriato, conforme alle regole. Ci riuscirà?

Nutro seri dubbi al riguardo; eppure, il problema principale è che adesso che so che Isa esiste, la voglio per me. Anche se è quella "sbagliata" per il ruolo che dovrà, volente o nolente, ricoprire.

Io. La. Voglio.

E lei sarà mia, cazzo.

CAPITOLO OTTO

ISABELLA

Odio che mi chiami bambolina.

Fanculo, non mi ci sento e non lo sono affatto.

Come osa? Nemmeno mi conosce. Non sa niente di me: chi sono, cosa voglio e con quanta fatica ho studiato per avere una possibilità alla UCLA. Una possibilità che mi è stata tolta, una possibilità che rimpiangerò ogni giorno della mia vita.

So perché mi chiama in quel modo: si aspetta che io mi comporti da brava bambolina a casa, in attesa. In costante attesa del suo ritorno a casa, per fargli trovare un pasto pronto e il letto caldo. *Se lo può scordare, maledizione.*

Certo, ho contribuito a complicare la mia posizione con quell'uscita a tavola. Adesso penserà che io abbia chissà quale esperienza, *perché non riesco mai a tenere chiusa la mia boccaccia?*

La verità è che ho fatto sesso solo un paio di volte con un mio ex compagno di scuola, e più per curiosità che per sentimento: volevo finalmente capire perché le mie amiche ne parlassero come fosse una imperdibile e indimenticabile esperienza, e non l'ho capito. So solo che ha fatto un male assurdo e non vedevo l'ora che finisse tutto.

Insomma, a essere sincera, non fremo affatto all'idea di ripetere l'esperienza.

Ma questo a lui non posso dirlo o non avrebbe alcun motivo per non restare fedele al piano originale e sposare Mariella.

Faccio un respiro profondo, perché ho bisogno di calmarmi prima che la situazione precipiti.

«Va bene, sarò la moglie perfetta. Conosco i modi e le usanze dell'organizzazione e non mi ribellerò al tuo ruolo, ma per favore, lascia in pace mia sorella. Lei è del tutto diversa da te e non potrebbe mai condividere questa vita insieme a te.»

«Tu puoi, invece, *bambolina?*»

Ancora con quel maledetto nomignolo, sento, però, nel modo in cui lo marca che mi sta mettendo alla prova, quindi non cerco lo scontro, ma lo assecondo.

«Di certo, meglio di Mariella. Lo so io e scommetto che durante la cena l'hai capito anche tu.» Osservo la sua reazione, inarcando un sopracciglio, sfidandolo a contraddirmi.

Lui sorride, ma non commenta. Mi guarda per un momento e mi sento quasi nuda, nonostante il mio casto tubino nero.

Finito l'esame, torna a guardarmi negli occhi e sento un

brivido percorrermi la schiena. *Mi sono cacciata proprio in un bel guaio.* Ma, in tutta onestà, poteva andarmi peggio.

Mentre scendevo le scale, pensavo di avere le allucinazioni.

Non è giusto che un boss mafioso abbia un corpo del genere, e quello sguardo. Un oceano di ghiaccio, circondato da folte ciglia nere.

A uno sguardo superficiale, poteva sembrare un elegante uomo d'affari con il suo abito tre pezzi su misura, ma la postura e il modo in cui i suoi occhi scrutavano la stanza erano un chiaro segnale di avvertimento di quanto quest'uomo sia pericoloso.

Pericoloso e affascinante. Un mix letale, che una piccolissima parte di me avrebbe voluto assaggiare anche solo per un breve istante. *Assolutamente no,* mi rimprovero.

«Direi che abbiamo un accordo. Questo matrimonio sarà solo di facciata, quindi direi di non perdere tempo in corteggiamenti o fidanzamento. Potremmo sposarci tra un paio di settimane, che ne pensi? In modo che tu possa preparare con calma le tue cose e poi trasferirti da me.»

La sua replica mi distoglie dalle mie elucubrazioni mentali nel modo più brusco possibile.

«C-cosa? Come pensi sia possibile organizzare tutto in due settimane? L'abito, il luogo della cerimonia e tutto il resto?»

«Cosa te ne frega?» ha il coraggio di rispondermi. «Lascia che se ne occupi mia madre. D'altronde, è lei a voler disperatamente questo matrimonio. Noi ne siamo solo le vittime.»

«Beh, se la metti così. Però, credo che anche mia madre vorrà partecipare e poi vorrei più tempo per prepararmi a tutto ciò che accadrà e ai cambiamenti che travolgeranno la mia vita. Sai com'è, avevo dei progetti prima di stasera e, a dirla tutta, penso proprio che me lo devi» cerco di prendere tempo.

Non so nemmeno io perché, non posso più uscirne e fuggire via è fuori discussione. La rabbia e l'adrenalina stanno calando e inizia a subentrare la paura dell'ignoto, mentre mi rendo conto di aver consegnato la mia vita a quest'assassino senza cuore. Esito, e lui se ne accorge.

Stringe gli occhi. «Io non ti devo proprio un cazzo, bambolina. Cerca di non tirare troppo la corda, o torno di là e mi sposo Mariella domani» mi sfida.

Credo abbia capito con esattezza le mie intenzioni, ma come fa a leggermi con tanta facilità quando persino io sono avvolta dalla confusione? Sospiro a fondo e il suo sguardo si ammorbidisce.

«Tre settimane. Tua madre aiuterà la mia e, nel frattempo, non ci saranno contatti tra noi fino al giorno del matrimonio, ma ci scambieremo i numeri, nel caso tu cambiassi idea» concede alla fine.

Sbuffo dal naso e mi sfugge un sorriso. Lui ricambia. E qualcosa dentro di me trema.

CAPITOLO NOVE

FRANK

Sono seduto nel mio privé riservato allo *Stark* quando vedo un Alex fin troppo sorridente intento a raggiungermi. Al suo passaggio, tutte le donne presenti, e anche qualche uomo, si voltano e, in fin dei conti, li capisco.

Alex è un bell'uomo, un anno più giovane di me, i tatuaggi a renderlo fico e la cicatrice sul sopracciglio a renderlo minaccioso per il giusto mix di pericolo e sex appeal che alle donne fa perdere la testa. E le mutandine.

Mi si siede di fronte senza smettere di sorridere e io gli rivolgo la più scocciata delle mie espressioni, inarcando un sopracciglio e senza aprir bocca. Non resisterà più di dieci secondi prima di commentare e iniziare a spettegolare su tutto quello che ha sentito riguardo alla mia cena a casa dei Rizzo.

«Andiamo, amico, sei un pazzo scatenato.» *Cinque secondi, la sua vena pettegola sta peggiorando, cazzo.* «Isabella Rizzo? Quella tipa è una mina vagante, pretende di andarsene in giro senza guardie, pensa di poter andare a studiare alla UCLA e a vivere in Italia. Non sa stare al suo posto ed è *selvaggia*.» Mi rivolge un occhiolino ammiccante e sento tutti i muscoli del mio corpo irrigidirsi a quell'ultimo commento.

«Come diavolo fai a sapere tutte queste cose su di lei? E cosa cazzo dovrebbe significare che è *selvaggia*?» domando irritato, replicando il suo tono, sono già vicino a perdere le staffe. Sento un bruciore fastidioso alla bocca dello stomaco, e non mi piace affatto.

Alex alza le mani in segno di resa. «Ehi, tranquillo, fratello. So tutte queste cose perché tua madre parla con la mia, la quale adesso che sa che ti sposi, è convinta debba farlo anch'io, prima di diventare troppo vecchio. Ho ventiquattro anni, per l'amor di Dio.»

Ridacchio e cerco di darmi una calmata perché sono del tutto consapevole che il mio migliore amico non ci proverebbe mai con la mia donna.

Ma lei sarà davvero mia? Che palle, ho la netta sensazione che, a breve, la mia vita si complicherà ancora di più. E non posso in alcun modo concedermi il lusso di scattare per un semplice commento. Devo ricompormi e ritrovare la mia razionalità o metterò un bersaglio enorme sulla schiena di quella ragazza.

«Allora? Non tenermi sulle spine, qual è il verdetto di mia madre?» gli domando cercando di non fargli capire quanto in realtà mi interessi.

«Diciamo che è sempre la solita diplomatica e non ha

emesso un verdetto esplicito, ma per come la conosco, credo proprio che non la sopporti. Ma puoi biasimarla? Aveva scelto un innocente agnellino da mandare al macello e ora si ritrova tra le mani una tigre che non vuole saperne di starsene buona in gabbia.»

Una descrizione che calza a pennello non c'è che dire.

«Beh, se tu l'avessi vista, ti saresti comportato allo stesso identico modo. Quella donna ha il fuoco negli occhi e ogni volta che si muove pretende attenzione. Lei è... cazzo, è magnifica.»

«Allora, com'è? Tette e culo abbondanti? È una che ingoia?» spara domande impertinenti e curiose a raffica e non posso evitare di allungargli un calcio da sotto il tavolino, colpendogli in pieno lo stinco. *E stupisco più me che lui.* «Ahia, ma che diavolo ti prende?» mi guarda sbalordito come se mi fosse spuntata una seconda testa.

«Non parleremo di questo» replico sibillino a denti stretti.

«Da quando non parliamo di questa roba?» ribatte e, a volte, Alex è peggio di un cane con l'osso.

«Da Isabella» rispondo lapidario.

A quel punto, il mio amico ammutolisce e inarca un sopracciglio, scrutandomi serio, mentre nella sua espressione sfuma tutta l'ilarità che lo caratterizza di solito. «Merda, fratello. Lei ti piace sul serio, è così?»

«Menomale, direi, visto che sono obbligato a sposarmela.»

«Questa balla raccontala a chi non ti conosce. A te piace *sul serio.*»

Alzo gli occhi al cielo, ma non nego né confermo.

«Merda, questo rende le cose molto più complicate. Lo sai meglio di me» sentenzia.

«Dovrò solo stare più attento. Non lo saprà nessuno» gli

rivolgo uno sguardo che dice tutto.

«Certo, amico, conta su di me» conferma con una certa solennità.

«Ecco, a questo proposito, le ho promesso che non le sarei stato tra i piedi fino al matrimonio. Vorrei che ci pensassi tu, ma devi essere invisibile. Non voglio farla incazzare più del necessario, ma voglio sapere tutto di lei: dove va, chi vede, quali sono le sue abitudini, se la sera esce a ballare. Stalle incollato, cazzo. Devi occupartene tu, è strettamente riservato.»

«Va bene, Capo» replica Alex e capisco che ho usato un tono un po' troppo brusco.

Il problema è che quando si tratta di Isabella entro in modalità iperprotettiva e dovrò tenere questa cosa sotto controllo.

Sbuffo e gli rivolgo un sorriso di scuse. «Non volevo essere uno stronzo, ma quella donna risveglia il maschio alfa che c'è in me.»

Lui ridacchia e mi fa l'occhiolino. «Non preoccuparti, tanto non mi fai paura nemmeno quando usi la voce grossa.» Poi torna a esaminarmi con attenzione e mi pungola ancora un po'. «E con Kat?»

«Kat?» gli rigiro la domanda, fingendo di non capire dove voglia andare a parare.

«Continuerai a scopartela o la mollerai?»

«Primo, si molla qualcuno solo se ci stai insieme e non mi risulta di esser mai stato insieme a una che di mestiere fa la puttana. Secondo, non lo so ancora se continuerò. Per ora, non ho alcuna intenzione di smettere» replico beffardo, anche se dentro di me ho la sensazione che Isa mi staccherebbe le palle se venisse a sapere che la riempio di corna.

È pur vero che sa – o almeno dovrebbe, visto che

con lei il condizionale è d'obbligo – come funzionano le cose nell'organizzazione e che, spesso, gli uomini trovano come divertirsi anche fuori casa.

Affronterò le cose un passo alla volta, non voglio smettere di divertirmi con Kat, ma non voglio nemmeno inimicarmi la donna con cui dividerò il letto ogni notte. Una donna che sarebbe capace di uccidermi nel sonno, su questo non ho dubbi.

Ripenso alla cena e ai momenti che abbiamo condiviso da soli: mi detesta, è palese, ma c'era dell'altro, l'ho percepito come un pugno alla bocca dello stomaco. E poi quando mi ha sorriso, fanculo, mi sarei messo in ginocchio. *Datti una stramaledetta calmata*, mi esorto.

Tiro fuori il telefono e senza rifletterci troppo, digito un messaggio veloce.

Frank: Ehi, bambolina. Volevo solo augurarti la buonanotte.

Appena lo invio, rimetto il telefono in tasca e riprendo a parlare con Alex dei bilanci delle varie attività legali che abbiamo deciso di portare avanti insieme alle attività "parallele": un autolavaggio e una lavanderia industriale per il momento, ma Alex crede che ci siano altre interessanti possibilità all'orizzonte e mi fido del mio amico. Ha studiato molto negli ultimi anni, e sa quello che fa.

«Gli affari procedono piuttosto bene e siamo perfettamente in linea con i *business plan*. L'autolavaggio sta addirittura producendo più di quanto avessimo calcolato e dovremmo chiudere l'anno con un quindici per cento in più di quanto previsto» mi spiega soddisfatto e a ben vedere, dal momento che si è occupato lui di quasi tutto il progetto. Continua spiegandomi quali progetti vuole realizzare nel prossimo futuro e ci confrontiamo su quali siano le migliori strategie di marketing per ampliare ancora di più il nostro giro d'affari.

Questo è il campo di specializzazione della mia laurea, che mio padre, da uomo lungimirante qual era, mi aveva spinto a conseguire proprio per motivi come questo: pensava, infatti, che sarebbe stata un'ottima risorsa per acquisire le conoscenze giuste su come riciclare denaro alla luce del sole e stando al passo con i tempi.

«Figliolo, i tempi stanno cambiando e, per sopravvivere, anche l'organizzazione dovrà cambiare. Sta al Boss fare in modo che gli affari si evolvano, affiancando attività legali alle nostre attività illecite per non essere facilmente rintracciate.»

Mi tornano in mente le parole previdenti di mio padre, di questi tempi, infatti, i controlli incrociati tra spese e guadagni sono all'ordine del giorno e semplici da ottenere per chi voglia indagare, e i guadagni legittimi ci aiutano a giustificare il nostro stile di vita e le spese folli che ogni tanto ci concediamo.

Di colpo, mi rendo conto che è passata più di mezz'ora, ma il mio telefono non ha dato segni di vita.

Nel frattempo, noto lo sguardo di Alex incupirsi e quando lo seguo, mi accorgo che sta adocchiando una delle nuove ballerine. La scruto con attenzione, anche da qui è evidente che sia una ragazza carina, non timida, ma docile, e non mi stimola niente.

A quel punto, il mio cervello mi propone un flash di una tigre selvatica dallo sguardo selvaggio e avverto uno spasmo nei pantaloni. *Merda, devo fare attenzione con quella donna o farò prima a consegnarle le mie palle su un vassoio d'argento.*

«Show privato?» gli domando serafico per distogliere

l'attenzione dalle mie fantasie.

«Oh, sì. Non ho ancora fatto un giro su quella signorina e sai che mi preoccupo per le tue attività. Che amico sarei se non facessi un controllo qualità?» ridacchia per poi rivolgere un sorriso letale alla ragazza che ancheggia tra i tavoli a ritmo di musica.

Lei lo nota e gli si avvicina come una gatta pronta a fare le fusa. Confermo, davvero carina, un po' troppo truccata per i miei gusti, ma con un paio di belle tette abbondanti, la vita stretta e le movenze di chi sa come rendere felice un uomo.

Il mio amico le dice qualcosa all'orecchio e poi si rivolge a me. «Capo, se permetti, ci vediamo dopo. Ti trovo qui a rimuginare sulla tua fidanzatina?» mi sbeffeggia.

Comincio a innervosirmi, non sono uno dal cuore tenero e lo avrei dimostrato una volta di più. Isabella non mi aveva degnato di una risposta e io non potevo permettere a quella ragazza di tenermi per le palle, nemmeno dopo esser stato folgorato dalla sua bellezza disarmante e dal suo sguardo infuocato.

Avrei sfruttato quelle tre settimane per togliermela dalla testa. Non potevo concedermi alcuna debolezza, e l'attrazione nei confronti di un'unica donna poteva assumere contorni pericolosi. Non che temessi di poter provare qualcosa di più.

Alex sta ancora aspettando la mia risposta, una parte di lui mi sta mettendo alla prova. Non lo deludo.

«Non credo che mi ritroverai qui» sogghigno. Faccio un cenno a una delle cameriere e quando si avvicina, le dico soltanto: «Kat.»

CAPITOLO DIECI

ISABELLA

Si aspetta davvero che risponderò al suo messaggio? *Povero illuso!* penso distesa sul letto a fissare il soffitto della mia stanza e chiedendomi come sia finita in una situazione così surreale.

Un po' me la sono cercata, è vero, ma l'alternativa era, e resta, inconcepibile dal mio punto di vista.

Dovrò soltanto trovare un modo di sopravvivere, magari senza uccidere il Boss. Sono certa che mi troverei in guai persino peggiori.

Riflettendoci, quanto potrà essere difficile tenerlo a distanza?

Se dovessi fare un paragone con mio padre, lui non trascorre molto tempo a casa: esce presto al mattino e rincasa a ora di cena; talvolta, riceve chiamate anche durante il fine settimana per delle "emergenze" e sparisce per ore intere.

Vista così, la mia prospettiva sembra migliorare un po'.

D'altronde, Frank è un Boss giovane; quindi, presumo che dovrà farsi in quattro per dimostrare ai suoi uomini il proprio valore. E quale modo migliore se non lavorare quanto e più duramente di loro?

Riesco quasi a sentire il barlume della speranza accendersi. *Posso farcela, andrà tutto bene,* sorrido tra me e me come una scema. *Devo solo evitare di fissare quegli occhi magnetici e quelle spalle imponenti, Dio, sono certa che abbia degli addominali da infarto,* e non posso impedire l'incendio che si propaga nel mio ventre.

Bussano alla porta e scatto a sedere con il fiato corto e il batticuore, neanche mi avessero sorpresa a commettere un crimine.

Mia sorella non aspetta una mia risposta ed entra, tenendo lo sguardo basso. Sembra mortificata, quando a essere mortificati avrebbero dovuto essere tutti gli altri presenti alla cena.

«Mari, che succede? Non riesci a dormire?»

«No, Isa. Mi sento male al punto da avere la nausea, sento il senso di colpa schiacciarmi. Ero così agitata a cena, che mi sembra un ricordo lontano e confuso. Però, di una cosa sono certa. Sono dispiaciuta da morire per la situazione in cui sei finita per colpa mia. È solo colpa mia. Ti prego, dimmi che c'è qualcosa che possiamo fare per rimettere tutto a posto. Sposerò io il Boss, posso sopportarlo» dice tutto d'un fiato, ma ho notato che la sua voce ha vacillato un po'.

«Non c'è niente per cui tu debba sentirti in colpa. Ho scelto io di farmi avanti, e non me ne pento, sorellina. Ti prego di credermi» cerco di rassicurarla, con il tono e con le parole, ma sembra che nemmeno mi ascolti.

«Isa, come puoi dire una cosa simile? Ti stai sacrificando al posto mio, e non è giusto.»

«Mari, basta. Ormai è deciso, e non me ne pento. Affatto. Lo rifarei mille volte. Voglio solo il meglio per te. E, di certo, un boss mafioso non rientra nella categoria» ridacchio, cercando di alleggerire l'atmosfera.

Lei mi fissa seria, valutando se abbia spazio di manovra per farmi cambiare idea. Mi conosce, però, e sa quanto io sia testarda e che quando mi metto in testa una cosa, farmi cambiare idea è letteralmente impossibile.

Sbuffa sconfitta e mi si getta tra le braccia.

«Ti prego, ti prego, ti prego, sorellona. Se in qualsiasi momento, anche un attimo prima di entrare in chiesa, dovessi cambiare idea, dimmelo e lo sposerò io. D'accordo?» mi domanda, arretrando un po' per potermi guardare negli occhi.

Ricambio il suo sguardo, provando a trasmetterle la determinazione che sento dentro di me.

«Sì, Mari. Se dovessi cambiare idea, non esiterò a dirtelo. Ora, ti prego, smetti di pensarci e andiamo a letto, sorellina. È stata una giornata a dir poco *estenuante*.»

CAPITOLO UNDICI

ISABELLA

Oggi mi sposo.

Le ultime tre settimane sono passate come un treno in corsa, dal quale non sono riuscita a scendere nemmeno per un momento. Parenti che chiamavano a casa per congratularsi con me e i miei genitori, nemmeno avessimo vinto alla lotteria. Vicini di casa che venivano a stringerci la mano e a complimentarsi con i miei per l'ottima educazione impartita a me e a mia sorella. Non ne posso più, ma non perché sia stanca. In realtà, si sono occupate di tutto mia madre, la signora Mancuso e la wedding planner assunta per l'evento.

L'unica cosa su cui sono stata irremovibile è stata la scelta dell'abito.

La signora Mancuso ha provato a convincermi a farmi usare il suo, ma non rispecchiava affatto i miei gusti: troppe perline, troppi strass, uno strascico lungo fino a Palo Alto, senza parlare delle sottogonne che mi avrebbero fatto sembrare una bomboniera. *Ed era fin troppo accollato.*

Io volevo qualcosa che rispettasse la tradizione, ma che riuscisse anche a rappresentare me in qualche modo, e io volevo dimostrare a Frank che non ero una timorata di Dio con la paura di tenergli testa o di affermare la propria volontà. Avrebbe fatto meglio a capire subito l'antifona.

Alla fine, ho scelto un abito lungo, con pochissima coda, in pizzo macramè con le maniche lunghe, ma con un profondo scollo a cuore davanti e che lasciava la schiena tutta scoperta.

Nonostante le proteste di mia madre e della mia futura suocera, ho optato per una sfumatura di color champagne che si sposa a meraviglia con la mia carnagione e i miei occhi, e poi so che tutti capiranno il senso nascosto di questa scelta, ma l'arcaica e anacronistica tradizione delle lenzuola insanguinate era stata abolita dal padre di Frank e nessuno avrebbe potuto spettegolare, almeno non con prove tangibili.

Per fortuna, il *magico trio*, come lo avevo soprannominato insieme a Mariella, aveva subito concordato sulla location. Il St. Regis Hotel.

Credevo che con la lista d'attesa di quell'albergo, non avremmo mai potuto rispettare la scadenza di tre settimane, ma avevo evidentemente dimenticato la portata dell'influenza del mio futuro marito e del suo giro d'affari. Infatti, il direttore dell'hotel ci aveva aperto le porte e fatto scegliere senza condizioni la data per noi più comoda... *incredibile!*

Però, devo ammettere che la vista sulla città dalla mia suite presidenziale è mozzafiato e non ho il coraggio di lamentarmi.

Sono qui da ieri con mia sorella e dopo una colazione degna delle loro cinque stelle, abbiamo trascorso la giornata nella SPA, tra trattamenti benessere, massaggi e aperitivi non proprio analcolici. Eravamo riuscite a bere champagne senza che nessuno ci chiedesse un documento e ci eravamo divertite da matte, prima di crollare ancora un po' brille in questo magnifico letto king-size.

Questa mattina ci eravamo svegliate ancora abbracciate e mia sorella mi aveva guardato con una tristezza che mi lacerava il cuore.

«*Tesoro, cosa c'è?*» *non avevo potuto fare a meno di chiederle.*

«*Lo sai. Non riesco a smettere di pensare che sia colpa mia se ti trovi in questa situazione. Non avrei dovuto lasciartelo fare. Siamo ancora in tempo, però, se volessimo fare cambio.*»

«*Stai scherzando, vero? Abbiamo già chiarito la situazione e ti ripeto che non avrei mai permesso che ti sposassi con quel bastardo senza cuore.*»

«*Ma oggi lo farai tu. Questo lo trovi più giusto?*» *mi aveva incalzata.*

«*Sì, sorellina. È così che funziona. Ci si sacrifica per coloro che amiamo e, ricordatelo sempre, io combatterò sempre per te.*»

«*Lo so. È solo che...*» *le sue parole erano sfumate mentre una lacrima le solcava il viso.*

L'avevo stretta forte a me, come facevo quando era piccola e si svegliava durante la notte per un incubo.

«*Non temere. Ho la pelle dura e posso sopportare la stronzaggine di quel cretino*» *davanti a lei cercavo sempre di evitare le parolacce, ma Frank mi faceva ribollire il sangue, e non sempre per la rabbia.*

«Già, ma non solo quella, no?» mi aveva chiesto scrutandomi con attenzione.

«Che vuoi dire?» avevo fatto finta di non capire.

«Sono tua sorella e ti conosco benissimo. Sai, ci ho riflettuto: subito dopo la cena, mi sembrava di essere in una nebbia confusa e ricordavo tutto con difficoltà, ma a posteriori e, soprattutto a mente lucida, devo dire che ho notato come vi guardavate e, onestamente, potrò anche essere vergine e priva di esperienza, ma so riconoscere la tensione sessuale quando la vedo.»

«Gesù! E tu che ne sai di tensione sessuale?» avevo cercato di spostare l'attenzione su di lei, perché una cosa era omettere, ben diverso sarebbe stato mentire a mia sorella.

«Stai scherzando, vero? Ti ricordo che adoro la letteratura francese e loro sono maestri non soltanto nel parlare del sentimento, ma anche nella descrizione dell'eros e... aspetta un attimo! Stai cercando di distrarmi, piccola manipolatrice che non sei altro.»

Non avevo potuto fare a meno di ridacchiare, perché mi conosceva davvero bene e non ero riuscita a fregarla.

«Beh, diciamo che non è brutto da guardare.»

«A dir poco...» aveva commentato con un sorrisino.

«Ehi!» le avevo dato un pizzicotto e lei era scoppiata a ridere. «Dicevo, non è brutto da guardare, ma credo che abbia un pessimo carattere e sia abituato a vedere tutti prostrarsi ai suoi piedi e a seguire i suoi ordini. Con me, prenderà un palo pieno.»

«E chissà che palo prenderai tu!» aveva scherzato ancora mia sorella, ma a quel punto avevo percepito chiaramente le mie guance infuocarsi e non avevo replicato. D'altronde, non avrei proprio saputo cosa dire. Soprattutto riguardo alla mia

reazione a quel bastardo di Frank.

«Ehi» aveva continuato Mariella. «Non c'è niente di male nel fatto che ti piaccia. È un bellissimo ragazzo e ti ha spogliata con gli occhi per tutta la cena. E beninteso, dico spogliata, perché so che ti scandalizzeresti nel sentirmi dire scopata. Sarò anche vergine e timida, ma non sono stupida.»

«Nessuno l'ha mai pensato. Anzi, a dirla tutta, sei tu quella intelligente della famiglia. E sono sicura che realizzerai tutti i tuoi sogni. Ti vedo già: tu e la tua valigia, destinazione aeroporto Charles De Gaulle, alla faccia di quella vipera della Mancuso che voleva tenerti chiusa in casa a sfornare bambini.»

A quel punto avevano bussato alla porta e due maggiordomi inamidati alla perfezione avevano fatto il loro ingresso con carrelli pieni di golose pietanze, dolci e salate.

«Buongiorno signorine, volevamo informarvi che la wedding planner è già al lavoro con vostra madre e la signora Mancuso, la quale ci ha, inoltre, chiesto di dirvi che nella hall sono arrivate la parrucchiera e la truccatrice e saliranno tra circa trenta minuti. Buona colazione.» Dopo un profondo inchino, erano spariti fuori dalla porta, uscendo senza mai rivolgerci la schiena.

Io e mia sorella ci eravamo fissate per un attimo ed eravamo scoppiate a ridere di gusto, fino a tenerci la pancia.

Ripensare a quel momento ora, davanti allo specchio che rimanda la mia immagine in abito da sposa è tutto ciò che mi serve a smorzare la tensione. A farmi capire che non importa quanto mi senta in trappola, quanto mi senta obbligata in questa scelta, perché è l'unica concepibile, l'unica che potrei sopportare.

Non mi sfugge che un remoto angolo del mio cervello è curioso di scoprire cosa nasconda Frank dietro quella facciata impeccabile e quei costosi abiti sartoriali.

Anche se mi sono sbizzarrita cercando su Google, ho trovato tantissime sue foto a eventi di un certo calibro e in costume da bagno mentre si godeva le vacanze in giro per il mondo, ma ben poco riguardo alla sua vita privata: mai una frequentazione, figuriamoci una fidanzata.

Eppure, è bello come il peccato. Se il suo viso mi fa venire pensieri impuri, il suo corpo mi provoca cose che non ho il coraggio di raccontare a nessuno. *Devo darmi una calmata e restare lucida.*

Poco dopo, mio padre bussa alla porta e mi sorride, è al settimo cielo, la sua posizione nell'organizzazione è appena schizzata in cima alla gerarchia ed è evidente che non sta più nella pelle. *Tutti contenti, insomma.*

Faccio un respiro profondo per indossare la maschera di pacata compostezza che ho imparato a indossare agli eventi sociali fin da bambina e sorrido.

«Sono pronta» dico e vorrei crederci sul serio.

CAPITOLO DODICI

FRANK

Mi sta già venendo mal di testa.

Sono in una delle suite presidenziali del St. Regis, riservato a noi e all'organizzazione per l'intera durata del ricevimento. Mia madre saltella qua e là per la stanza più eccitata di una bambina la mattina di Natale, Alex indossa la sua solita maschera di indifferenza e mi girano intorno uno stilista, una sarta, un barbiere e quella che penso sia una truccatrice. *A cosa cazzo dovrebbe servirmi una truccatrice?*

Appena prova ad avvicinare un pennello alla mia faccia, le rivolgo uno sguardo letale e lei si scansa brusca neanche l'avessi colpita fisicamente.

«Non esiste» affermo secco e il suo sguardo scatta

verso mia madre, che fa spallucce e sospira. *Sul serio? Pensava che sarei stato d'accordo con questa stronzata?*

«Alex, paga la signorina e congedala, grazie» ordino secco al mio amico che sopprime una risata, mascherandola con un colpo di tosse, prima di fare il galantuomo con la signorina e atteggiarsi a vero cavaliere dall'armatura scintillante. *Bugiardo del cazzo.*

Sposto lo sguardo sui rimanenti addetti ai lavori e cerco di tenere sotto controllo il tono minaccioso nella mia voce, prima di rivolgermi a loro: «Adesso, sbrigatevi e concludiamo questa pagliacciata.»

Strabuzzano gli occhi, ma si mettono subito al lavoro e non mi sfugge la risatina derisoria di Alex che, saggio, resta alle mie spalle.

Dopo circa due ore, mi ritrovo davanti a una sala gremita di persone e di fiori che mi fanno venire da starnutire, ma mi trattengo.

Pensavo che mi sarei sentito con una corda al collo, com'è accaduto in tutti questi mesi ogni volta che pensavo a questo dannato evento, ma percepisco anche dell'altro e non so dire se sia un bene.

È un senso di anticipazione, un'eccitazione che provo sapendo che tra qualche minuto rivedrò Isabella, e sono anche curioso di vedere come l'avranno conciata, perché sono certo che le nostre madri l'avranno agghindata come la bambola che pensano che sia, ignorando che la mia Isa ha gli artigli.

Come se l'avessi evocata con la forza del pensiero, una musica parte in sottofondo e Mariella fa la sua comparsa, guardandosi attorno un po' spaesata prima di incamminarsi verso di me. È una bella ragazza, ma non vedo altro che una bambina.

Sento Alex inspirare bruscamente il fiato, gli rivolgo

un'occhiata, ma la sua maschera impassibile è ben salda e non rivela nulla. *Che diavolo gli è preso? Non gli piaceranno mica le bambine?*

Non posso concentrarmi troppo su quei pensieri, però, perché un attimo dopo, al braccio di suo padre, compare Isabella, ed è una cazzo di visione. Una dea. Non indossa l'abito di mia madre né niente di ciò che mi sarei aspettato. *Non l'hanno piegata, sapevo che fosse in grado di graffiare, ma ora penso che la mia bambolina sia una vera tigre.*

Indossa un abito lungo di pizzo, che le stringe le tette in un abbraccio che mi toglie il fiato e la sfumatura che ha scelto, ben diverso dal bianco candido, è un enorme dito medio a chi vorrebbe giudicarla.

Quando è abbastanza vicina, faccio un cenno di saluto a suo padre che me la affida, come da tradizione, e poi mi sporgo verso di lei, posandole una mano alla base della schiena, che trovo completamente nuda. *Oh cazzo, non arriverò vivo alla fine della cerimonia.*

«Sei bellissima» le dico con sincerità all'orecchio e sentirla rabbrividire è la risposta migliore che potrebbe darmi.

Il rito prosegue in una nebbia confusa, mentre ripenso alla mia reazione nei suoi confronti, a ciò che mi scatena dentro ogni volta che siamo vicini e a tutte le cose che vorrei farle in questo momento.

Recupero un minimo di lucidità soltanto quando il parroco pronuncia le fatidiche parole: «Vi dichiaro marito e moglie.»

A quel punto, mi volto verso Isabella e quando lei fa lo stesso, poso con delicatezza le labbra sulle sue, morbide e calde. Non indugio troppo, non mi piace dare spettacolo, ma spero sia sufficiente per mettere a tacere il malcontento.

Quando mi allontano, vedo i suoi occhi dilatarsi un po' e le sue guance arrossire e vorrei rovesciarla proprio sul banchetto del parroco per dimostrarle che effetto mi fa. *Calmati, cazzo. Ti stanno osservando tutti.*

Faccio un passo indietro, sfoggiando un'espressione imperturbabile e lei sembra quasi delusa, il mio istinto mi sprona a rassicurarla, ma proprio mentre apro bocca, arriva la wedding planner a guidarci per il proseguimento dei festeggiamenti con le foto e le congratulazioni degli invitati. *Che Dio mi aiuti.*

Un paio d'ore dopo, mi trovo costretto a riconoscere a mia madre e a mia suocera che hanno fatto davvero un ottimo lavoro: la sala del banchetto è molto elegante, ma non pacchiana; il cibo è davvero fantastico, ogni portata è a base di pesce fresco e ricette italiane, proprio come vuole la tradizione; il vino scorre a fiumi e tutti appaiono più rilassati.

Non posso fare a meno di notare gli sguardi compiaciuti degli Uomini d'Onore presenti in sala; in particolar modo, i più anziani sembrano aver vinto alla lotteria. Era ora che si rilassassero un po'.

Comprendere cosa passi nelle loro teste va ben oltre le mie capacità e decido di non prestar loro troppa attenzione, spero solo che smetteranno di starmi con il fiato sul collo.

Un aspetto positivo di questo banchetto è la possibilità di rivedere due miei vecchi amici: Romeo e Leonardo.

Mentre mi vengono incontro per farmi le congratulazioni – o per farmi qualche battutaccia sull'essermi fatto fregare – rifletto su quanto quei due siano diversi, come il giorno e la notte.

Leonardo più che l'aspetto di un mafioso, ha in tutto e

per tutto il look da surfista, con la pelle un po' abbronzata per le troppe ore trascorse in spiaggia, gli occhi chiari e i capelli biondicci e ondulati liberi sulle spalle.

Se non lo conoscessi, con il fisico da nuotatore, poco più basso di me e l'atteggiamento un po' sbruffone, penserei che sia un coglione senza cervello, ma quel tipo è un vero mago e riesce a carpire i segreti di tutti, persino i più sporchi, e li usa come leva per ottenere ciò che vuole, quando vuole.

E, non chiedetemi perché, ma piace parecchio alle donne: è un vero playboy e non l'ho mai visto due volte con la stessa donna.

Chi, invece, non ho letteralmente mai visto in compagnia di una donna è Romeo: occhi e capelli scurissimi, andatura decisa, ma allo stesso tempo intimidatoria – certo, la cicatrice che sfoggia sulla guancia aiuta parecchio – potrebbe avere tutte le donne del Paese, ma dice che non ha tempo da perdere e che vuole rimanere concentrato sul lavoro.

Quel freddo bastardo alto quanto me e con il fisico da *boxeur* è un fottuto genio dei computer e grazie ad alcuni investimenti che mi ha consigliato, nelle criptovalute e nel campo immobiliare, da qualche anno mi sta ricoprendo d'oro. *Mai ai suoi livelli, però.*

«Ehi, amico, ti sei fatto incastrare come un coglione, eh?» ridacchia divertito Leo regalandomi una sonora pacca sulla spalla.

Romeo allunga una mano e, con la sua solita voce pacata, dice: «Congratulazioni, Boss. Credo che sia una buona unione. Inaspettata, ma buona» precisa senza una particolare inflessione nel tono della voce.

«Grazie di essere venuti, amici miei. Era da tanto che non ci incontravamo di persona. Beh, avrete di certo saputo che non mi è stata lasciata molta scelta. Sembra che io non possa guidare questa organizzazione in modo appropriato senza una Regina al mio fianco» commento senza nemmeno cercare di mascherare il sarcasmo nel mio tono.

Leo sbuffa un'altra risata e Romeo inclina di poco la testa: mi sta studiando, e comincio a sudare freddo.

Per quanto mi fidi di loro due, mi irrita che si capisca che questa unione non è soltanto una scelta obbligata. È un rischio, uno che non posso permettermi di correre.

«Certo, come no. Al tuo posto, io avrei ammazzato chiunque avesse avuto da ridire sul mio stile di vita e vaffanculo. Chi è con me, bene; chi è contro di me, *boom*» commenta Leo mimando una pistola con le dita. E il problema vero è che sembra fare sul serio.

«Ringraziamo il Cielo che tuo padre goda di ottima salute allora e speriamo che continui così a lungo, altrimenti Los Angeles assisterà a una carneficina memorabile quando ti toccherà il ruolo di Boss» replico, scambiando un'occhiata complice con Romeo, che sa bene quanto sia complicato fare il Boss.

Un ruolo che lui ha assunto da qualche anno, dopo aver sfidato e vinto contro quell'inetto di suo cugino, a cui la reggenza spettava per nascita. Peccato che fosse un depravato fuori di testa, un alcolizzato violento e tossicodipendente con interessi del tutto privi di morale. Nessuno a Seattle ha pianto la sua morte, nemmeno sua madre. *Tanto per dire.*

A trent'anni, Romeo è il Boss indiscusso di Seattle e l'organizzazione sotto la sua reggenza è fiorente come mai prima.

«Non posso darti torto, fratello. Il lavoro di mio padre è noioso, ripetitivo e stancante. Preferisco fare surf e bere birra in riva al mare, mentre scelgo la prossima pollastra con cui darmi da fare» ridacchia come un ragazzino Leonardo, eppure ha solo tre anni meno di me.

La sua risata sbarazzina contagia anche me, almeno in parte. Non Romeo, ovviamente. Che gli rivolge uno sguardo a metà tra l'esasperazione e la voglia di commettere un omicidio.

Eppure, non posso negare che, talvolta, invidio la spensieratezza di Leo.

Io l'ho persa tempo fa, ben prima della morte di mio padre; d'altronde, non è passato giorno senza che qualcuno mi ricordasse che questo ruolo fosse il mio destino.

«Andiamo, Romy, sciogliti un po', fratello, siamo a una festa per bere, ballare e spassarcela» lo incita Leo, guadagnandosi un'occhiata letale per quello sciocco nomignolo con cui chiama uno degli uomini più pericolosi del Paese. Un'occhiata che farebbe fuggire a gambe levate almeno metà degli uomini che conosco, ma Leo è un caso particolare di follia e cosa fa? Ridacchia, e poi sbuffa come un bambino a cui è stato negato il gelato. «E va bene, sei più freddo della Siberia quando ti ci metti.»

«Non sei mai stato in Siberia» replica Romeo senza battere ciglio.

«Già, beh, non ci sono onde; quindi, che ci vado a fare? Beh, me ne vado al bar, sperando che l'atmosfera si scaldi un po'... l'avete capita?» ride da solo della sua battuta oggettivamente triste e si allontana.

Scruto Romeo che sta osservando la figura di Leo, e noto un barlume di preoccupazione nel suo sguardo.

Io, Romeo e il padre di Leonardo, don Mario, gestiamo tutta la costa occidentale degli Stati Uniti, assicurando alla nostra organizzazione un dominio stabile poggiato in modo solido su un'alleanza infrangibile.

«Quando arriverà il momento, sarà pronto» lo rassicuro, interpretando i suoi pensieri.

«E se il momento arrivasse prima di quanto immaginiamo?» replica senza guardarmi.

Un brivido freddo mi corre lungo la schiena.

«Cosa sai?» gli chiedo senza girarci intorno.

Mi rivolge un'occhiata fugace e sospira a fondo. «Al momento, è solo un sospetto. Se dovesse diventare una certezza, sarai il primo a saperlo» conclude ricambiando con solennità il mio sguardo.

«Qualsiasi cosa sia, noi gli guarderemo le spalle» affermo, perché nonostante i punzecchiamenti e i battibecchi, questi due sono miei fratelli tanto quanto Alex. E so che loro si sentono allo stesso modo nei miei confronti.

«Certo.» Mi dà una pacca sulla spalla, e si allontana a sua volta verso il bar.

Vorrei prendermi un momento per riflettere su ciò che è appena successo, ma la wedding planner mi avvisa che è il momento dei balli e tocca a me e Isa aprire le danze.

Una parte di me freme al pensiero di toccarla per un periodo di tempo prolungato. Non può sfuggirmi e, di certo, non può ritrarsi davanti a tutti i nostri ospiti.

Le vado incontro e le porgo la mano come un vero gentiluomo.

«Balliamo?» le domando con tono gentile, ma quando incrocia il mio sguardo inarcando leggermente un sopracciglio, mi rendo conto di non essere riuscito a sopprimere del tutto il luccichio di sfida nei miei occhi.

La sfido a rifiutarmi davanti a tutti, la sfido a rifiutarmi in generale, perché nonostante quello che pensa di me, vedo il modo in cui il suo corpo reagisce alla mia vicinanza e non vedo l'ora di scoprire come reagirà al mio tocco.

Mia moglie, però, non è una che si tira indietro davanti alle sfide e sembra determinata a dimostrarmi qualcosa.

«Certo» replica con dolcezza, come se tra noi non fosse in atto una sfida fatta di brividi e sguardi, e afferra la mia mano con decisione.

Arriviamo al centro della sala e cominciamo a danzare. Sarebbe più corretto dire che non sono passi veri e propri, è più un ondeggiare vicini, tenendoci stretti, ma non troppo per non disturbare la sensibilità di qualche antiquato ospite. E, in effetti, tutti gli sguardi sono su di noi, ma io vedo soltanto lei.

«Ti piace?» le chiedo, ma non so nemmeno io a cosa mi riferisco: al matrimonio, al ricevimento, alla musica, alle sue mani che mi sfiorano dalle spalle ai bicipiti e poi tornano su, alle *mie* mani sulla curva della sua schiena, alla mia erezione contro il suo ventre.

«Sì, la festa è molto bella. Credo che le nostre madri saranno soddisfatte del risultato e tu farai un'ottima impressione sugli Uomini d'Onore più anziani» replica con tono neutro, ma non mi è sfuggita una leggera vibrazione nella sua voce. Potrebbe essere nervosismo, o eccitazione. *Questo contatto potrebbe davvero eccitare lei come sta facendo con me?*

Non posso lasciarmi incantare dai suoi occhi, due pozze verdi che mi stanno studiando come se volessero scoprire tutti i miei segreti. O peggio, come se volessero capire lei che effetto mi fa.

Per evitare di scoprire le mie carte, lascio che la conversazione si spenga e sposto lo sguardo sulla sala.

Noto con soddisfazione che oltre a me, anche Alex e alcuni dei miei uomini più fidati sono comunque all'erta, perché ad alcuni nostri nemici non frega proprio niente della sacralità del matrimonio.

Recuperata una parvenza di autocontrollo, dopo ben tre canzoni a fare da sottofondo, torno a concentrarmi sulla bellissima donna che è appena diventata mia moglie e sto già immaginando il modo in cui la tirerò fuori da quell'abito attillato che le lascia scoperta tutta la schiena e che rischia di farmi venire un colpo ogni volta che si piega a salutare qualcuno degli invitati.

È poco più bassa di me, ma con i tacchi vertiginosi che indossa quasi mi raggiunge e con quelle forme deliziose sembra proprio una dea. Questa donna è sublime e mi fa venire l'acquolina in bocca. *Per non parlare dell'erezione che tengo a bada da ore.*

Mi perdo ancora per qualche attimo a osservare i lineamenti perfetti del suo viso, il colore brillante dei suoi occhi verdi, finché il suo sguardo si aggancia di nuovo al mio, ma stavolta corruga un po' le sopracciglia.

«Va tutto bene laggiù?» mi domanda a voce a malapena udibile, in modo che riesca a sentirla solo io, visto che la pista si è animata e diverse coppie ci gravitano intorno.

Seguo il suo sguardo e mi rendo conto che si è accorta di Mariella e Alex che stanno ballando insieme—per la seconda volta, ma questo eviterò di farglielo presente.

«Certo, perché?» fingo di cadere dalle nuvole, ma sembra che questa donna riesca, non so come, a vedere oltre la mia maschera di indifferenza, perché mi scruta stringendo le palpebre e io mi ci metto davvero d'impegno a non mostrare alcuna reazione.

«Alex farà meglio a stare lontano da mia sorella, Frank. Qualsiasi cosa significhi quel ballo, la cosa finisce qui e adesso, chiaro?» insiste e non posso fare a meno di percepire un moto di fastidio.

Nessuno mi mette alle strette, odio stare sulla difensiva, sono abituato ad attaccare ed è ciò che faccio anche ora.

«Bambolina, a me e Alex piacciono le donne, quelle vere, non le bambine che non saprebbero nemmeno da dove iniziare. Abbiamo gusti piuttosto *intensi*, se capisci cosa intendo, e non prenderla male, ma dubito fortemente che tua sorella riuscirebbe mai a stare al passo» concludo più piccato di quanto vorrei.

Lei impallidisce, ma decide di non replicare. *Menomale, cazzo.*

Alla fine della canzone, si libera della mia stretta senza dire nulla e, per non fare scenate, torniamo al tavolo.

Torna a guardarsi intorno e a sorridere ai nostri ospiti, ignorandomi con determinazione per il resto della serata.

Non potrà ignorarmi per sempre.

Rivolgo un'altra occhiata di soppiatto ai due ballerini e non mi piace proprio per niente l'espressione che leggo sul viso di Alex.

Se anche non lo conoscessi, direi che gli ormai tre balli sono un po' troppo per un semplice gesto di cavalleria. È vero che sono i nostri testimoni, ma sembra quasi che lui la stia reclamando, per di più davanti a tutta l'organizzazione e nientemeno che alla famiglia Rizzo e, non prendiamoci in giro, Alex è meno interessato di me ad avere una relazione sentimentale. A lui interessa *fottere e basta, senza ulteriori implicazioni.* Parole sue, non mie.

Eppure, lo sguardo con cui inchioda Mariella racconta tutt'altro. Se la sta scopando con gli occhi e l'elemento ancor più preoccupante è che lei non ne sembra affatto dispiaciuta. Le sue gote sono di una tonalità più rosea del solito, ma non accenna ad abbassare lo sguardo. *Hai capito l'innocente bambina?*

Quando la musica finisce, si allontanano di un passo, ma lui esita un secondo di troppo a lasciarla andare e prendo nota mentalmente di fare due chiacchiere con il mio migliore amico, prima che scateni una guerra tra me e mia moglie per una cazzo di botta e via con una ragazzina nemmeno maggiorenne.

CAPITOLO TREDICI

ISABELLA

Più tardi quella sera, una volta arrivati finalmente al suo attico in Pacific Heights, il quartiere più esclusivo e alla moda di tutta la città, mi permetto di fare un sospiro di sollievo. *Il peggio è passato.* O almeno è ciò di cui tento di convincermi. Non vedo l'ora di liberarmi da questi tacchi assassini, buttarmi sotto la doccia per levarmi gli innumerevoli strati di trucco e subito dopo a letto. *Da sola.*

Mi guardo intorno e non posso fare a meno di apprezzare lo stile dell'appartamento: mascolino e minimalista, ma comunque accogliente. Le grandi vetrate a tutta parete regalano una vista incantevole sulla città e la cucina a vista sembra essere uscita da un ristorante stellato. Confesso che non mi aspettavo che avesse tanto gusto, ma Frank continua a stupirmi e al pensiero di chissà quali altri sorprese abbia in serbo per me, reprimo un brivido. Non saprei dire se di timore o di piacere.

Mi volto e trovo Frank a fissarmi. Ha uno sguardo strano, ma lo distoglie all'istante e cerco di non rimuginarci troppo.

La tensione che c'è tra noi è una strana combinazione di imbarazzo e attrazione. Vorrei non provare altro che astio e risentimento nei suoi confronti, ma per quanto mi piacerebbe, non posso mentire a me stessa.

Quest'uomo provoca immagini a luci rosse nel mio cervello dal primo momento in cui i nostri occhi si sono incrociati. E non si tratta soltanto del suo fisico mozzafiato, ciò che mi attrae come una calamita è l'aura che lo circonda, la maschera che indossa in maniera così impeccabile e che io ho solo voglia di strappargli. *Sono davvero pronta a scoprire cosa troverei sotto la maschera?*

Questa domanda è inebriante nella sua pericolosità e ho la netta sensazione che se lasciassi il comando al mio corpo, mi ritroverei in ginocchio davanti a lui, pronta e disponibile a qualsiasi cosa voglia fare di me. *Sono nei guai.*

«Vieni, ti faccio fare un giro della casa così potrai cominciare a orientarti. Come puoi vedere, questa è la zona giorno con il *living* e la cucina a vista, sempre rifornita da Loretta, la mia domestica, che viene tre volte a settimana per la spesa, le pulizie e per preparare i pasti. Se hai bisogno di qualcosa in particolare, lasciale un biglietto e ci penserà lei. Di solito, nel fine settimana mangio fuori, ma se hai altre abitudini o vuoi organizzarti in modo diverso, possiamo parlarne. In fondo a quel corridoio, c'è un bagno e, di fronte, lo studio che uso a casa in cui di solito incontro i miei uomini o i nostri collaboratori» riflette un attimo prima di proseguire. «Ora che ci sei anche tu, cercherò di evitare di incontrarli qui.» Senza attendere risposta, si volta e si avvia su per una scala. «Di sopra, ci sono altri due bagni, una sala multimediale, una piccola biblioteca e quattro camere da letto, oltre a una palestra con annessa sauna. In realtà, c'è una palestra condominiale, ma preferisco la *privacy*. Se ti interessa, però, nel condominio è presente una piscina riscaldata che puoi usare quando preferisci. Ogni volta che metterai piede fuori dall'appartamento, troverai due guardie a piantonare la porta e una delle due seguirà te. *Ovunque* tu vada.»

Mi lancia un'occhiata da sopra la spalla, una di quelle che non ammettono repliche. *Ancora non sa con chi ha a che fare.*

Superiamo tutte le stanze di cui mi parla e resto sempre più a bocca aperta davanti alla bellezza di questo appartamento. Quando si ferma di colpo davanti all'ultima porta, sbircio all'interno e vedo la camera da letto più grande e bella che abbia mai visto circondata da vetrate, mentre alle spalle del letto si apre una cabina armadio grande quanto la camera che avevo a casa dei miei genitori e quando vedo che ci sono alcuni miei indumenti appesi di fronte ai suoi, non posso evitare di aggrottare la fronte.

«Dormiremo nella stessa camera da letto?» domando sbalordita e lui mi guarda come se parlassi una lingua a lui sconosciuta.

«Non credo di aver capito la tua domanda» replica,

fingendo indifferenza, ma per quanto sia bravo a dissimulare le sue emozioni, riesco comunque a percepire una nota di irritazione.

«Voglio dire che non credo sia il caso che dormiamo nella stessa stanza» insisto con decisione, consapevole che dormire a pochi centimetri da lui sarebbe un suicidio per il mio autocontrollo. Devo a tutti i costi mantenere una distanza ragionevole tra i nostri corpi o correrei sul serio il rischio di sciogliermi in una pozza sul pavimento. «Siamo sposati, hai consolidato la tua posizione, i tuoi uomini sono felici e contenti e, in pubblico, ci comporteremo da coppia modello» continuo, cercando di mostrarmi accondiscendente per farlo ragionare, perché litigare non sarebbe d'aiuto alla mia causa. «Ma qui dentro, in casa tua, non ci vede nessuno e possiamo comportarci come vogliamo, possiamo evitarci e dormire ognuno nella propria camera, in modo da non starci tra i piedi.»

«Non credi davvero alla stronzata che hai appena detto, vero?» mi domanda inarcando le sopracciglia. Fa un passo verso di me, ma io mi sforzo di restare immobile. C'è ancora una distanza sufficiente.

Posso farcela, dico a me stessa, ma faccio un sospiro profondo e sento il suo profumo, ha un odore mascolino meraviglioso e un picco di calore mi colpisce tra le gambe. *Resta concentrata,* mi sprono recuperando il filo del mio discorso.

«Beh, ci sono molte coppie sposate nell'organizzazione che dormono separate. Non è questo gran problema» insisto, ma dal suo sguardo so di avere ben poche speranze di convincerlo.

È un tentativo vano, lo sappiamo entrambi e mentre me ne rendo conto, realizzo che farò sesso con quest'uomo, questo assassino spietato che mi eccita dalla prima volta che ho posato gli occhi su di lui.

Cosa fa di me questo desiderio incontrollabile? Mi rende una cattiva persona? Cattiva quanto lui? Mi spaventa, ma vorrei sprofondare nei suoi occhi e aggrapparmi a quel corpo meraviglioso che potrebbe davvero portarmi alle porte del Paradiso. Se mi lasciassi andare sul serio, diventerei più simile al Boss senza scrupoli che ho di fronte? O potrei comunque rimanere la ragazza per bene che penso di essere? Ma, in effetti, lo sono davvero? O sono destinata al male fin dalla nascita?

La mia testa è piena di domande e la confusione deve essere visibile sul mio volto, perché il suo sguardo si ammorbidisce di una frazione. Si avvicina ancora e si china verso di me, con la bocca a sfiorarmi l'orecchio.

«So che ci sono coppie di questo tipo e non sta a me giudicarli. È una loro libera scelta, ma noi due non saremo quel tipo di coppia. Percepisco l'attrazione tra noi due, bambolina, e so che la senti anche tu. Se in questo momento ti infilassi due dita nelle mutandine, sono pronto a scommettere che non le tirerei fuori asciutte. Ti va di fare una scommessa?» mi sfida, allontanandosi per potermi guardare negli occhi e, quando resto in silenzio, prosegue con un sorrisino compiaciuto. «Come immaginavo. Dunque, questa discussione è chiusa» decreta e si volta per allontanarsi, togliendomi di fatto la possibilità di replicare. Ma, in tutta onestà, cosa avrei potuto ribattere?

La sua parola è quella che conta e il suo tono è stato più che definitivo. Non mi resta che accettare la sconfitta e andare avanti, so che ci sono battaglie per cui varrà la pena combattere e altre no. Questa fa sicuramente parte del secondo gruppo.

CAPITOLO
QUATTORDICI

FRANK

Di solito, sono un tipo riservato e non amo in particolar modo avere ospiti in casa mia. Ecco perché mi aspettavo una reazione del tutto diversa da me stesso. Almeno all'inizio, mi aspettavo una comprensibile sensazione di fastidio causata dalla presenza di Isabella e, invece, mi piace averla qui, a guardarsi intorno, consapevole che le sue cose troveranno posto accanto alle mie, che è qui per rimanere.

Questa donna mi fa un effetto strano e pericoloso: non la conosco e lei non conosce me; eppure, ne sono attratto in maniera innegabile e ci capiamo con uno sguardo fin dal nostro primo incontro. Non posso negare la mia curiosità riguardo a cosa accadrà quando entreremo di più in confidenza.

Dopo il nostro breve incontro ravvicinato, lascio Isabella ad ambientarsi nei suoi nuovi spazi e ne approfitto per chiudermi in ufficio, versarmi un whisky e fare una telefonata veloce, ma necessaria se i miei occhi non mi hanno ingannato. *Meglio togliersi subito il pensiero.*

«Ci sono già problemi in Paradiso?» risponde al secondo squillo Alex.

«Il problema è più l'inferno che scatenerà mia moglie se dovesse venire a sapere che il mio Secondo si è fatto un giro con sua sorella» replico brusco e vado dritto al punto.

«Merda, ma per chi mi hai preso? È una bambina, non sono un pervertito fino a quel punto» si indigna il mio amico, sembrando quasi offeso. La parola chiave è *quasi*.

Non vorrei insistere, ma devo farlo. Devo essere assolutamente certo che abbia capito che quella con Mariella non è una strada percorribile.

«Sei sicuro, Alex? Perché, in tutta onestà, ho visto come la guardavi e l'elettricità tra voi due era piuttosto evidente, persino dal tavolo a cui ero seduto» ribadisco.

«Fratello, andiamo, nessuno mi conosce meglio di te. È una tipa interessante, te lo concedo, ma anche tralasciando il discorso età, non potrei mai scoparmela, cazzo. Sai bene il genere di cose che mi piace fare con una donna, pensi davvero che lei me le lascerebbe fare?» sospira.

È una nota di delusione quella che percepisco nella sua voce? Forse, sono solo paranoico. Eppure...

«Alex...» non voglio insistere ancora, ma c'è qualcosa che non mi convince. Proprio perché lo conosco meglio delle mie tasche, so cosa ho visto e quella scintilla nel suo

IL RE DI SAN FRANCISCO

sguardo è più pericolosa della sua vena letale.

«Frank, sta' tranquillo. Lo so che la bambina è *off limits*. Non sarei degno di quella ragazza nemmeno se passassi ciò che mi rimane della vita a riscattarmi. E poi, lo sai, che non sarei mai in grado di avere una relazione. Dio, lei è anche vergine...» si interrompe e dal trambusto in sottofondo, credo abbia appena spaccato qualcosa. Lo sento inspirare a fondo. «N-non posso. Non lo farò, stai tranquillo, fratello» la sua voce trema e l'esitazione nel suo tono è palese.

Oh, porco cazzo.

«Alex, tutte le speranze che io me ne stessi tranquillo sono appena volate nel cesso. Ti rendi conto che stai farneticando? Ma si può sapere che ti è preso? Ascoltami bene, fratello, capisco che sia una bella ragazza, ma, ti prego, trovatene un paio allo *Stark* e dai fondo alle tue perversioni con donne che sanno quello che vogliono e come ottenerlo. Donne che possono darti ciò che vuoi da una donna. Una donna *vera*. Mariella non è altro che una bambina. Una. Bambina. Chiaro? E questa è la fine della discussione. Alex, dimmi che hai capito.»

«Ho capito. E sono d'accordo. Sta' tranquillo, non ho intenzione di combinare casini. Quella ragazza è troppo innocente, non l'avrei mai sfiorata.»

«Bene, fratello. Ora mi sento meglio. Dicevo sul serio, vai allo *Stark* e sfogati. Io vado a consumare il mio fottuto matrimonio» ridacchio e riaggancio sentendolo ridere in sottofondo. *Crisi matrimoniale scampata.*

Faccio un sospiro di sollievo, fin troppo consapevole che il rischio di una crisi c'è stato eccome e mi dirigo in camera da letto, pronto a rendere Isabella mia per davvero e non solo su un mucchio di documenti.

Mi basta pensare a lei e a quelle gambe da infarto per

avvertire una vibrazione di eccitazione in tutto il corpo e sto già pensando a come farla mia in ogni posizione possibile quando apro la porta e la trovo sul letto, rilassata e tranquilla, sì, così rilassata e tranquilla da essersi addormentata. *Cazzo.*

La osservo e i lineamenti rilassati le addolciscono molto il viso. È una fottuta visione e ho una voglia incredibile di farla mia, ma svegliarla per scopare mi renderebbe uno stronzo ai suoi occhi, più di quanto io sia già. Senza contare che il suo astio nei miei confronti aumenterebbe a dismisura, e non gioverebbe alla mia causa. *Affatto.*

Non mi resta che raccogliere il mio ego e la mia dignità e, con un'erezione talmente dura da essere dolorosa, mi chiudo in bagno per una lunga doccia fredda e una sessione di autoerotismo senza precedenti.

CAPITOLO QUINDICI

ISABELLA

Il giorno dopo mi sveglio e per un attimo fatico a rendermi conto di dove mi trovo, quando rotolo tra le coperte mi accorgo che sono sola, anche se il *suo* lato del letto è sfatto, segno che è venuto a dormire, ma si è già alzato. *Sarebbe troppo sperare di non incrociarlo affatto per tutto il giorno? Magari anche per i giorni a venire?*

Lascio da parte le fantasie utopistiche e mi alzo per dirigermi al bagno. Mentre mi preparo, a livello fisico e mentale, per scendere in cucina, faccio respiri profondi e cerco di non pensare al fatto che abbiamo condiviso un letto. *Non mi ha toccata.*

La nostra prima notte di nozze e non è successo nulla, la cosa che più mi scombussola è che non so se esserne sollevata o infastidita. *Cos'ho che non va?*

Dovrei esserne addirittura grata e sperare che continui in questo modo, ma un remoto angolo del mio cervello vorrebbe smentirmi. Lo zittisco con forza e decido che la mia arma sarà l'indifferenza: fuori da questa casa, sarò la moglie perfetta, ma dentro queste quattro mura, gli starò il più lontana possibile.

Non voglio avere niente a che fare con lo spietato assassino mafioso che sono stata costretta a sposare. Costretta a sposare. *Costretta a sposare*, me lo ripeto ancora per ficcarmelo nel cervello e mettere a tacere altri pensieri più compromettenti.

Scendo le scale quasi in punta di piedi, vorrei fare meno rumore possibile e arrivare incolume alla cucina, ma le mie speranze si rivelano vane quando vedo una tavola imbandita con frutta fresca, confettura e succhi di frutta. A rimbalzare tra i fornelli e il bancone con la grazia di una ballerina classica e un'espressione rilassata, c'è una signora che avrà l'età di mia mamma, ma il triplo delle sua abilità culinarie; sta preparando uova strapazzate e un'omelette, mentre taglia a dadini un avocado e della pancetta.

Io avrei già bruciato tutto, ma non ho avuto una grande insegnante, quindi non faccio testo. Il mio naso viene stuzzicato da un profumino meraviglioso e il mio stomaco sceglie proprio quel momento per brontolare rumorosamente, al punto da farle alzare lo sguardo.

«Buongiorno, signora Mancuso. Sono Loretta, la vostra domestica ed è un piacere conoscerla. La colazione è servita e il caffè arriva tra pochissimo. Gradisce un'omelette, delle uova strapazzate o ha altre preferenze?

Il signor Mancuso, di solito, fa una colazione salata, ma ho preparato la pastella per i pancake nel caso le piacessero e, a tavola, troverà confettura di fragole e mirtillo, e della frutta fresca» mi spiega con dolce cortesia.

Loretta sembra una persona gentile, in modo genuino, cosa più unica che rara nel nostro ambiente e, di norma, mi accorgo sempre quando qualcuno finge di essere qualcosa che non è. Lei è davvero cortese, e mi piace.

«Per favore, Loretta, diamoci del tu e chiamami Isabella, non sono per niente un tipo formale» le dico cortese, ricambiando il sorriso. «Mi piacerebbe molto assaggiare i tuoi pancake e la confettura di mirtilli è la mia preferita.»

«Benissimo, allora, cara Isabella, accomodati pure. Preferisci spremuta d'arancia o succo d'ananas?» domanda ancora, e mi chiedo per quante persone sia questa colazione spettacolare.

«Il succo d'ananas andrà benissimo, il caffè lo prendo dopo, grazie. Frank ha già fatto colazione?» indago versandomi un bicchiere di succo per mostrarmi disinvolta.

Esito ad accomodarmi, perché preferirei non incontrarlo. Se lui dovesse aver già fatto colazione, allora potrei prendermela comoda; altrimenti, preferisco ingurgitare in fretta questo ben di Dio e fuggire di nuovo in camera.

«Il signor Mancuso stava ultimando il suo allenamento in palestra. Dovrebbe raggiungerti tra pochi minuti» mi spiega mentre bevo il primo sorso.

Nemmeno lo avesse evocato, l'interpellato fa il suo ingresso in cucina con dei pantaloni della tuta calati in modo indecente lungo i fianchi che lasciano in bella vista la V degli addominali.

Non faccio in tempo ad ammirare la definizione muscolare del suo addome che il succo decide di andarmi di traverso e comincio a sputacchiare in modo imbarazzante per non morire soffocata sul posto, rendendomi del tutto ridicola.

Impassibile, lui alza lentamente lo sguardo di ghiaccio su di me, percorrendo il mio corpo dai piedi nudi ai capelli sfatti, soffermandosi con particolare attenzione sul mio ridicolo pigiamino estivo rosa confetto con disegnati sopra dei biscotti alle gocce di cioccolato. *Vorrei che il pavimento si aprisse e mi inghiottisse all'istante. Dio, per favore, spiegami perché dotare di un corpo così maledettamente attraente proprio un tizio che di mestiere fa il boss mafioso.*

Prima che io riesca a ricompormi e a ricordare come formulare una frase di senso compiuto, Loretta arriva in mio soccorso con un piatto traboccante di pancake appena fatti.

«I pancake sono pronti, Isabella. Ma cosa ci fai ancora in piedi? Accomodati, su, che ti porto anche lo sciroppo d'acero» mi esorta, prima di rivolgersi al suo capo in maniera del tutto indifferente, come se non stesse girando per casa mezzo nudo. «Signor Mancuso, gradisce una tazza di caffè? È appena fatto» gli domanda, rivolgendogli un sorriso quasi materno che mi fa strabuzzare gli occhi.

Senza più indugiare sull'analisi del mio corpo, Frank sposta lo sguardo sulla domestica e le sorride, mentre il suo sguardo perde un po' del ghiaccio abituale.

«Una tazza abbondante, grazie. E prendo anche delle uova strapazzate con del bacon, per favore» aggiunge prima di raggiungermi al tavolo.

Mentre tampono il succo dal pigiama, tengo lo sguardo

fisso sui pancake e mi azzardo a spostarlo solo sul barattolo di confettura. Non riuscirei a guardarlo in questo momento, sono troppo consapevole del suo corpo, e del mio, mentre stringo un po' le cosce percependo un calore propagarsi nel mio ventre. *Dannazione, ti sembra il caso di eccitarti così proprio per lui?*

«Buongiorno, *moglie*. Hai dormito bene nel tuo nuovo letto?» domanda rivolgendosi infine a me. Non mi è sfuggito il tono compiaciuto della sua voce.

«Sì» mugugno controvoglia, senza incontrare il suo sguardo. Spero che capirà l'antifona e mi lascerà in pace. L'unica cosa che otterrà da me sarà indifferenza pura e semplice. *Puoi farcela, Isa,* mi sprono, ma la mia speranza si dimostra vana.

«Oh, capisco. Non sei un tipo mattutino?» insiste, mentre Loretta gli posa davanti una tazza di caffè ancora fumante e un piatto colmo di uova e bacon.

«No» rispondo con un altro monosillabo, prima di dare un generoso morso a una coppia di pancake farciti con la confettura ai mirtilli e mi sfugge un gemito di piacere. «Mmm.»

«Oh, bambolina» commenta lui, prima di abbassare la voce in modo che lo senta solo io. «La prossima volta che sentirò quel verso, ci sarò io nella tua bocca.»

Per poco non mi va di traverso anche il pancake, e non riesco a impedire al mio sguardo di scattare verso il suo, ed è la fine.

Perché nei suoi occhi leggo tutto quello che vorrebbe farmi, tutto quello che vorrei mi facesse. *Dio, dammi la forza di resistere a questa tentazione ambulante.*

Non importa quanto mi senta attratta da lui, perché non voglio cedere, non posso farlo. Frank mi è stato imposto e sono qui soltanto perché ha bisogno di una consorte, e per lui una donna vale l'altra.

Dannazione, avrebbe sposato persino una bambina come Mariella se non fossi intervenuta. Di me, di ciò che voglio, di ciò che provo non potrebbe fregargliene di meno. Ma da bravo maschio alfa, non vuole lasciarsi sfuggire l'occasione di fare un po' di sesso. Penserà che sia scontato dal momento che siamo legalmente sposati e condividiamo il letto, ma non ho la minima intenzione di rendergli le cose facili.

Finiti i pancake e il succo, non lo degno di una replica, finché mi alzo e continuando a guardarlo dritto negli occhi, mi rivolgo a Loretta. «Grazie per questa splendida colazione, Loretta. Era tutto davvero squisito, dubito che *altro* potrebbe reggere il confronto.»

E senza dargli la possibilità di replicare, fuggo in camera da letto con la speranza che non mi venga a cercare per confutare la mia affermazione.

CAPITOLO SEDICI

FRANK

Sono ammaliato dalla sua bellezza. Una bellezza naturale, dirompente e innegabile, nonostante cerchi in qualche modo di camuffarla, nascondendola sotto un buffo pigiama di cotone.

Forse teme che io veda solo questo in lei, ma la verità è che so che c'è molto altro: è intelligente, spiritosa, protettiva nei confronti delle persone che ama e, sono più che sicuro, che sappia essere anche molto dolce, quando vuole.

Era evidente nel modo in cui la sua sorellina la guardava con ammirazione e affetto durante i festeggiamenti del matrimonio. *Nessuno ti guarderebbe in quel modo se fossi una stronza permanente, no?*

Non che lei si comportasse così con tutti – avevo sentito come si era rivolta a Loretta – era un trattamento speciale riservato al sottoscritto, ma avrei posto rimedio.

Ogni volta che pensavo a quella donna, non potevo fare a meno di sorridere. Sono un tipo razionale e, a conti fatti, non avrei potuto desiderare niente di più nella mia compagna di vita e, diciamo la verità, a chi importa che non sia vergine? A me no di certo, non me ne faccio niente di una donna che non ha la minima idea di cosa fare tra le lenzuola.

E avrei trovato il modo di sopprimere quella inspiegabile voglia di trovare tutti gli stronzi che si erano infilati tra le gambe di mia moglie e farli a pezzi prima di gettarli nell'Oceano.

La voglio, di brutto a giudicare dall'erezione di marmo che ho nei pantaloni. Ma ho bisogno che lei mi ceda il controllo.

Se pensa di poter vincere questa battaglia di indifferenza con me, non ha ancora capito con chi sta giocando. Ma godrò nel farglielo scoprire. Presto, molto presto. Oh sì, mia moglie pensa di potermi ignorare senza conseguenze. Vedrà che le cose sono molto diverse, e subirà le conseguenze delle sue azioni.

Sono stato paziente, ieri sera l'ho persino lasciata dormire, non perché non avessi voglia del suo corpo da favola, ma era stravolta dai cambiamenti della sua vita e dalle emozioni che ho visto susseguirsi sul suo viso durante l'intera giornata.

L'ho osservata ogni volta che lei guardava altrove, mi attira, e non soltanto a livello fisico. Sono attratto dalla sua sagacia, dall'intelligenza che accompagna la sua bellezza sublime.

Sono stato attento, però, a non farmi beccare da

nessuno, perché è fondamentale che nessuno capisca l'effetto che mi fa davvero. Devo ancora comprenderlo del tutto e non voglio che venga etichettato come debolezza.

«È una ragazza molto bella, il suo spirito è forte e il suo cuore è buono» mi riporta di colpo al presente Loretta, di cui mi ero del tutto dimenticato, perso nelle mie riflessioni su Isabella. *Concentrati, maledizione.*

«Sì, certo. È stata selezionata con cura da parte di mia madre» replico con noncuranza, ma sento in maniera distinta un piccolo sbuffo alle mie spalle, anche se quando mi volto, l'espressione di Loretta è imperscrutabile.

«Nutro qualche dubbio che sua madre avrebbe scelto una ragazza *così*. Non mi fraintenda, sono sicura che non avrebbe potuto avere di meglio, signor Mancuso. Ma Isabella non è una moglie trofeo, se capisce cosa intendo. Come ho detto, ha uno spirito forte, e indomito. Non ho dubbi che sarà *interessante* vedervi interagire da marito e moglie» conclude con un sorrisino enigmatico che non comprendo del tutto.

Conosco Loretta da anni, da quando ho deciso di andare a vivere da solo, perché la convivenza con i miei genitori era troppo soffocante e avevo bisogno dei miei spazi. È sempre stata paziente con me, ma non si è mai tirata indietro quando aveva da ridire su qualcosa. Non mi stupisce che le piaccia Isabella, sono due donne pacate, ma sanno anche essere ferocemente determinate.

«Sì» confermo. «Non ho dubbi che sarà interessante *interagire*, anzi se vuoi scusarmi, credo che inizierò proprio ora» dico alzandomi, ora che la mia erezione è sotto controllo, e cominciando a elaborare un piano per attirare Isabella nella mia trappola.

È un azzardo, ne sono consapevole, ma se non ho letto male i segnali e se ho capito almeno un po' come ragiona,

potrebbe funzionare.
D'altronde, se le buone maniere non hanno funzionato,
forse con le cattive andrà meglio.

CAPITOLO DICIASSETTE

ISABELLA

Sono venuta a rifugiarmi in camera, perché "nascondermi" fa un po' troppo codarda per i miei gusti. Il punto è che devo stargli lontana, non ho alternative se voglio sopravvivere a questo matrimonio. Devo aggrapparmi agli aspetti che mi fanno odiare Frank, altrimenti non riesco nemmeno a pensare a cosa potrebbe succedere, a cosa potrebbe farmi, a cosa potrei permettergli di farmi.

E a quel punto sarei persa. Lui no. Lui mi ha sposata perché aveva bisogno di una consorte che rassicurasse gli Uomini d'Onore di vecchio stampo che il loro nuovo

Boss capisce alla perfezione il valore del legame familiare, perché è ciò che li tiene insieme, che li fa combattere tutti uniti per lo stesso obiettivo.

Devo sempre tener presente che io e lui non siamo sulla stessa barca, non abbiamo le stesse sensazioni, non condividiamo le stesse emozioni. Per quanto mi uccida, dovrò resistergli, con tutte le mie forze.

Sono così presa dalle mie riflessioni che quasi non mi accorgo della sua risatina in sottofondo, ma quando la sento di nuovo, drizzo le orecchie e cerco di captare con chi stia parlando.

Dall'angolo della cabina armadio è praticamente impossibile riuscire a sentire cosa sta dicendo, perciò decido di avventurarmi all'esterno, mentre penso a una scusa per cui dovrei girovagare per casa. *Beh, sono qui da meno di ventiquattr'ore, penso sia più che legittimo.*

Esco dalla camera da letto in un soffio, ho avuto l'accortezza di indossare una felpa larga e comoda che non dà adito a pensieri impuri, ma poi lo sento di nuovo ridere e non perdo tempo con la biancheria intima.

La risata di Frank è quasi un incantesimo: è profonda e nasce dal petto, riverbera nella gola, e ti fa venire voglia di ridere. È una risata che ti contagia nemmeno fosse uno sbadiglio, e allo stesso tempo ti eccita.

Non lo so, forse quest'ultimo è un effetto che fa solo a me, o almeno spero, visto che quel suono paradisiaco riecheggia fino ad arrivare dritto in mezzo alle mie gambe.

In fondo al corridoio, in quella che deve essere la biblioteca, la sua voce risulta più chiara e capisco che sta parlando al telefono.

Di solito, non sono una che si impiccia, e di sicuro non origlio le telefonate altrui, ma non riesco a frenare la curiosità di sapere chi riesce a farlo ridere in questo modo.

Se fosse una donna, impazzirei di gelosia. *Ma gelosia di cosa? Ricorda come e per quale motivo sei arrivata qui, diamine!*

Ormai il duello tra cervello e corpo è diventato costante, e non saprei scommettere su chi vincerà. Io ne uscirò distrutta, qualunque sarà il verdetto.

«...Forse più tardi» lo sento dire e faccio un altro passo avanti, ormai sono quasi incollata alla porta socchiusa, devo fare attenzione a non emettere nemmeno un fiato. «Amico, da quando è in dubbio la mia resistenza? Per quanto mi riguarda, puoi far preparare Kat e un altro paio di ragazze, magari tra le nuove, così le testiamo, che ne dici? Dai, che possiamo accontentare tutte» lo sento sogghignare e allo stesso tempo percepisco il sangue iniziare a pompare più veloce nelle mie vene.

Sapere che gli Uomini d'Onore all'interno dell'organizzazione godano di *libertà particolari* nonostante siano sposati è una cosa, rendermi conto che *mio marito* sta prendendo accordi con qualcuno per andare a divertirsi alle mie spalle è una storia stramaledettamente diversa.

Dannazione, dovrei fare i salti di gioia per il fatto che cerchi uno sfogo fuori casa piuttosto che venire a cercare me. Ma allora perché la cosa mi disturba così tanto? *Perché il mio stomaco è sprofondato fino ai piedi?*

Nel frattempo, la sua telefonata continua e il mio cervello si divide in due metà: una parte, quella che sa bene quanto sia importante l'autoconservazione, vuole chiudere tutto fuori, fingere di non aver mai sentito nulla di tutto questo, tapparsi le orecchie e non ascoltare oltre, restando ignara delle sue intenzioni.

L'altra, una piccola maledetta sadica, vuole ascoltare

ogni minimo dettaglio di ciò che farà a quelle ragazze. Inutile dirlo, quest'ultima ha la meglio.

«Spero che le ragazze non abbiano lavorato troppo questa notte, non vedo l'ora di affondare tra le loro cosce e sbattermele con forza. Penso proprio che me lo farò succhiare da quella nuova mentre Kat mi succhia le palle. Tu, piuttosto? Nel frattempo, ti occupi della bocca di Jessica o ti scoperai Kat da dietro?» continua a sogghignare come fosse una cosa divertente, e non un abominevole tradimento.

Porca puttana. Ho accettato questo matrimonio contro la mia volontà, un matrimonio che serve alla sua posizione sociale all'interno dell'organizzazione. Ho sposato quest'uomo e lui ha sposato me, per la miseria, non ho alcuna intenzione di lasciare che mi tradisca.

E non si tratta dell'attrazione che provo nei suoi confronti, ma di semplice rispetto coniugale. Me lo deve, maledizione. E ho intenzione di pretenderlo.

Senza indugiare oltre, spalanco la porta facendola sbattere contro il muro e trovo mio marito con il telefono in mano, bello comodo su una delle poltrone – una parte del mio cervello registra una biblioteca piccola ma magnifica, ma non è il momento di distrarsi, questo è il momento della battaglia.

Quest'uomo deve avere un sangue freddo invidiabile, perché non sussulta nemmeno alla mia entrata, saluta in fretta il suo interlocutore e posa il telefono sul tavolino che ha davanti. Tutto con una lentezza disarmante. Tutto senza mai staccare gli occhi dai miei. Dio, potrebbe mettermi in ginocchio con quello sguardo. *Letteralmente.*

Stringo i denti e mi concentro sull'obiettivo, devo usare un tono distaccato per non fargli capire quanto mi abbia infastidito quella maledetta telefonata. *Respira, Isa.*

«Col cazzo che andrai ovunque tu abbia intenzione di andare a fare tutte quelle cose schifose che ti ho sentito dire, stronzo» *e niente, la diplomazia non fa per me.* Anzi, ormai sono un torrente in piena e, senza riflettere sulle eventuali conseguenze delle mie parole, continuo implacabile. «Ti puoi scordare tutte le Kat, le Jessica o come diavolo si chiamano. Ti puoi scordare le orge con gli amici, ti è chiaro? Non me ne starò buona a casa a fare la mogliettina adorante mentre tu mi manchi di rispetto in questo modo. Altrimenti, sia ben chiaro, abbiamo chiuso. Anzi, sai cosa ti dico? Te ne puoi andare a fanculo dove ti pare, perché io voglio il divorzio. Ora.»

Ancora una volta, senza dargli il tempo di replicare, giro sui tacchi e fuggo nella cabina armadio in cerca di un rifugio, che stavolta so non servirà a molto.

CAPITOLO
DICIOTTO

FRANK

Se potessero arrivarmi alle spalle cogliendomi di sorpresa, sarei già morto da tempo visto il mondo in cui vivo. Ecco perché ho sentito i movimenti di Isabella fin da quando è uscita dalla nostra camera da letto, e non ho fatto proprio nulla per farle capire che l'avevo sentita.

Volevo che ascoltasse la telefonata con Alex, volevo provocare una reazione da parte sua e se la sua sfuriata ne è un'indicazione, direi che ci sono riuscito alla grande.

Ora non mi rimane che farla capitolare e ne ho tutte le intenzioni quando metto piede in camera da letto.

Si è rifugiata nella cabina armadio, ma se crede che le

lascerò una via di fuga, non ha ancora capito con chi ha a che fare.

Sono pronto allo scontro, devo fare in modo che ceda a quest'attrazione innegabile che c'è tra di noi, che ho visto chiara nei suoi occhi e nel rossore delle sue guance mentre inveiva contro di me. *Adoro gli artigli della mia bambolina. Mia moglie è una cazzo di tigre, e mi diverto parecchio ad arruffarle il pelo.*

Lascio da parte ogni riflessione e torno a concentrarmi sul presente, perché è il momento della resa dei conti.

«Eccolo il fuoco che vedo dentro di te, bambolina.» Entro nella cabina armadio e le vado vicino finché riesco a prenderle il mento tra le dita. «Non nasconderti da me, è inutile, perché io ti vedo. Vedo il tuo fuoco, mi piace persino incitarlo, perché lo trovo stimolante, ma non confondere mai questo con la tolleranza. Il divorzio tra noi è una bestemmia che non voglio sentirti pronunciare mai più. Ti comporterai da brava moglie e porterai avanti il tuo ruolo alla perfezione. Sarai una consorte ubbidiente o, stanne certa, ci saranno delle conseguenze poco piacevoli da affrontare.»

«Vaffanculo, non sarò né una schiava ubbidiente né un cagnolino ben addestrato. Per quanto mi riguarda, dopo tutte le porcate che ho appena sentito, puoi andare a farti fottere» sibila contro la mia bocca. È ancora furiosa e i suoi occhi brillano di rabbia, è bellissima e mi toglie il fiato.

Uomini due volte la sua taglia non si azzarderebbero a rivolgersi a me in questo modo o a rivolgermi quegli sguardi infuocati con cui mi comunica alla perfezione quanto desideri darmi un calcio nelle parti basse, ma Isa è diversa da chiunque io abbia mai conosciuto e questo mi spiazza e mi destabilizza.

Vorrei chiudere tutte queste sensazioni in un cassetto della mia mente e passare oltre, ma sono sempre stato un tipo razionale e so che le informazioni rappresentano potere.

Ecco perché analizzare la mia reazione e tutto ciò che mi suscita, conoscere e, soprattutto, essere del tutto consapevole dell'effetto che ha su di me potrebbe essere la chiave per non diventarne uno schiavo selvaggio, perché se c'è una cosa di cui sono maledettamente certo è che se i miei nemici sapessero che Isa non è solo una moglie di facciata, le metterebbero addosso un obiettivo grande quanto il fottuto *Golden Gate*, e questo non posso proprio permettermelo.

«Oh, bambolina, vuoi davvero vedermi arrabbiato? Ogni volta che ti rivolgerai a me, lo farai con rispetto e non mi parlerai mai, *mai*, in questo modo davanti a nessuno o mi costringerai a farti male davvero; quando siamo soli, d'altra parte, puoi anche farlo. Però, sii consapevole che dopo avrò una voglia irrefrenabile di scoparti come un animale e non potrai fermarmi» le dico premendomi contro di lei per fare in modo che abbia ben chiaro quanto mi eccita la sua ribellione, il suo spirito combattivo.

Inspira brusca e sfrega d'istinto le cosce, siamo così vicini che non può nascondere la reazione del suo corpo: le narici che fremono, le pupille che si dilatano, e avverto un altro spasmo contrarmi l'erezione.

Nascondo un sorriso, perché è vero che mi eccita farla incazzare, ma non voglio farle pensare che la stia prendendo in giro solo per provocarla.

Voglio che ceda, voglio che si renda conto di essere eccitata e si lasci andare – dovrò lottare per arrivare al mio obiettivo, ma non è questo il fottuto senso della vita?

Vedo le emozioni combattere nei suoi occhi, sta cercando di riprendere il controllo, di calmarsi e prendere le distanze, ma non glielo lascerò fare.

Alzo una mano e le sistemo una ciocca ribelle dietro l'orecchio, poi indugio con la punta delle dita proprio sotto il lobo e mi chino per colmare i venti centimetri che ci separano.

«Vuoi vedermi rude e violento? O preferisci che sia lento e dolce? Può essere come vuoi tu, lo sai, non hai che da chiedere. Smettila di combattermi. Da questo matrimonio ne usciremo solo da morti, quindi perché non divertirci un po'? Posso farti stare bene e sono certo che puoi fare lo stesso per me, bambolina.»

Ogni volta che la chiamo bambolina si irrigidisce, odia quel nomignolo, ma non sa che per me ha acquisito un significato del tutto nuovo. Lei è mia da viziare, da scopare fino a farle perdere i sensi, da proteggere anche a costo della mia stessa vita.

«Smettila di chiamarmi in quel modo, lo odio, lo sai» ribatte, ma siamo così vicini che sento i suoi capezzoli inturgidirsi contro il mio petto e, in automatico, mi inumidisco le labbra.

Lei segue quel movimento e schiude di poco le sue, Dio non si rende nemmeno conto dell'effetto che mi fa. E menomale, altrimenti prenderebbe consapevolezza del potere che ha su di me, e sarebbe la mia rovina.

CAPITOLO
DICIANNOVE

ISABELLA

Non può farmi quest'effetto.

In pratica, sono stata costretta ad accettare questo matrimonio, e non posso permettermi di provare altro che disprezzo e indifferenza nei suoi confronti.

Allora cos'è questa sensazione alla bocca della stomaco ogni volta che mi guarda? Ogni volta che finge di sfiorarmi in modo casuale? Non posso sentirmi attratta da lui. Non posso, e basta. Non importa quanto sia forte l'attrazione tra di noi.

Voglio, *devo*, mantenere la mia posizione e fare in modo che non abbia alcun effetto su di me.

Quest'uomo potrebbe distruggermi con uno schiocco delle dita; eppure, sono ancora qui, immobile con la sua erezione contro il ventre, divisa tra la voglia di resistere e quella di sciogliermi contro di lui.

Quando si inumidisce le labbra, seguo il percorso della sua lingua e una scossa bollente mi percorre le vene per il desiderio irrefrenabile di passare la *mia* lingua su quelle labbra perfette e che promettono peccati.

Vorrei alleviare la tensione che avverto tra le gambe, ma nel muovermi, mi strofino contro la sua erezione e lui geme e si spinge ancora di più contro di me.

Quel suono, quel movimento, quest'uomo. *Che cosa mi fa?*

Perdo ogni contatto con la realtà, con la razionalità, con la voglia di ribellarmi, e cedo.

Chiudo gli occhi e aspetto. Aspetto che la sua bocca si schianti sulla mia e quando succede, riprendo a respirare. Quest'uomo mi fa impazzire, mi spaventa e mi inebria. Lo odio, ma non riesco a stargli lontana e il solo pensiero che vada a letto con un'altra donna, mi rende violenta e irrazionale. *Perché diamine mi comporto così? Questo è un matrimonio di facciata.*

Non ho il coraggio di confutare questa convinzione, perché ne uscirei distrutta. Non posso piegarmi alle sensazioni che mi fa provare.

Quello che ci stiamo scambiando non è un bacio, è il suo modo di reclamarmi, il suo modo di farmi capire che mi possiede, anima e corpo. E, che Dio mi perdoni, anche questo mi eccita.

Pensavo di saperne qualcosa di baci, ma nessuno mi ha mai baciata in questo modo, come se mi stesse assaporando, come se mi stesse possedendo, reclamandomi in un duello di lingue. Sento l'autocontrollo vacillare sotto la sua determinazione.

«Voglio assaggiarti, bambolina» mi dice e, prima ancora che io possa afferrare il senso delle sue parole, mi si inginocchia davanti fino a trovarsi con la bocca all'altezza del mio sesso, che percepisco umido per la voglia che ho di lui.

Con un colpetto all'interno coscia, mi fa allargare un po' le gambe e portando una mano dietro il mio ginocchio sinistro, si sistema la mia gamba sulla spalla e inspira di colpo quando si accorge che non indosso la biancheria.

«Cristo, Isa, vuoi uccidermi?» sibila, incontrando il mio sguardo, ma io sono troppo persa nel desiderio per una replica coerente. «Non vedo l'ora di scoprire di cosa sai» sussurra con la voce arrochita dal desiderio, subito dopo mi sfiora il clitoride con la punta della lingua, e a me sembra di vedere le stelle. Proprio qui, nella cabina armadio. Proprio ora, mentre la sua lingua si perde tra le pieghe umide del mio sesso, scende verso il basso, tra le mie labbra intime e mi penetra piano, e penso che oggi morirò. *Anzi no, ne sono certa.*

La sua bocca fa il percorso all'indietro fino a circondarmi il clitoride con le labbra per succhiarlo piano, poi più forte, sfiora quasi il dolore, ma è un dolore che si trasforma in piacere sublime.

Piego la testa indietro e gemo, mentre spingo in avanti i fianchi, voglio di più, voglio tutto. E lui mi accontenta succhiando, leccando, titillandomi, finché sento il piacere colarmi lungo la coscia e il calore riempirmi il ventre.

Non contento, mi penetra prima con un dito, poi con due e quando gli cavalco le dita in preda al piacere, ne inserisce un terzo e mi mordicchia il clitoride.

«Sai di miele e cannella, dolce ma decisa. Vienimi sulla lingua, bambolina, dammi tutto il tuo piacere» le sue parole mi coccolano e mi eccitano, mi mandano in Paradiso mentre dentro di me esplode un incendio infernale e perdo del tutto la testa, venendo con forza sulla sua lingua, che continua a leccare e succhiare il mio orgasmo.

Sento la forza venire meno nelle gambe, ma lui mi sorregge con la mano libera e mi rilasso del tutto, perché so, non so come, che non mi lascerebbe cadere.

Quando torno in me, lui si rimette in piedi lentamente e ha uno sguardo così famelico che mi spaventerebbe se ne avessi il tempo, ma si avventa sulla mia bocca e la reclama con forza, determinazione, sensualità e potere.

Sento il mio sapore sulla mia lingua, una cosa che pensavo mi avrebbe disgustata; invece, risveglia la mia eccitazione e rispondo al bacio con tutto quello che ho.

Arretriamo verso il letto e quando ci cado sopra di schiena, lui mi osserva e nel suo sguardo vedo qualcosa che non saprei definire, sembra ammirazione, ma non ne sono sicura.

Ciò di cui sono sicura è che io sono in preda all'eccitazione, ma lui appare calmo in modo quasi inquietante. Si prende tutto il tempo del mondo per esplorarmi, toccarmi, scoprire ogni centimetro del mio corpo e sono quasi certa di essere sul punto di prendere fuoco.

È troppo, non è abbastanza, ma è tutto.

La mia mente è fuori controllo, il mio corpo percepisce soltanto lui. Quando ritrova le mie labbra, rispondo al bacio con la stessa intensità, con la stessa voracità, come se respirare dipendesse da lui e dal suo corpo contro il mio: lo voglio dentro di me, vorrei entrare io dentro di lui, ho bisogno che prenda e mi dia tutto.

È una sensazione talmente strana che mi sento

scombussolata e sottosopra, ma allo stesso tempo, non posso farne a meno.

Sembra capire che sto perdendo il senno, perché con un movimento rapido si sposta sopra di me e mi entra dentro con un'unica spinta decisa che mi fa fremere dalla punta dei piedi a quella dei capelli. Mi riempie e mi svuota la mente: quest'uomo, *mio marito*, è spettacolare e il suo corpo è divino. Questo è l'ultimo pensiero coerente che formulo, prima di perdermi nel piacere e nel godimento.

CAPITOLO VENTI

FRANK

Le entro dentro con tutta la delicatezza possibile, un centimetro alla volta, voglio che mi senta, voglio che mi prenda fino in fondo, perché lei mi è entrata sotto pelle e lo ha fatto senza chiedere permesso, lo ha fatto dal primo giorno, con quel maledetto tubino nero e quegli occhi che mi infiammano e mi fanno sentire vivo. *Sono fottuto, cazzo.*

Quando sono completamente dentro di lei, succede una cosa che non credevo possibile. La mia oscurità si placa, quella vibrazione di violenza che percepisco costante dentro di me si zittisce e resta solo il silenzio, le nostre carni che si fondono, i respiri che si scontrano e la sua anima riflessa in quei meravigliosi occhi verdi che mi tolgono la ragione a ogni sguardo.

Stento quasi a credere che lei sia sotto di me, così bella, così persa nel piacere. E mi perdo anch'io, mi perdo e mi ritrovo dentro questa donna meravigliosa che un po' mi odia e un po' si eccita a provocarmi, a stizzirmi.

Ma col cazzo che le dico che effetto mi fa. Sono già in una posizione di svantaggio e se le dicessi una cosa del genere, farei prima a consegnarle le mie palle su un fottutissimo vassoio d'argento.

Scivolo ancora dentro di lei, mentre mi cinge la vita con le gambe e, a ogni spinta, le sue magnifiche tette rimbalzano su e giù, i capezzoli rosei sono inturgiditi e deliziosi. *Dio, potrei venire subito neanche fossi un sedicenne arrapato.*

La sua fica è un paradiso bollente e stretto che mi avvolge e mi stringe, e perdo il senno. Sono un animale affamato, che brama l'estasi della sua compagna e lo rincorre come fosse una missione.

La sento gemere e il mio cazzo si gonfia di piacere. Comincio a spingere più veloce, più forte, finché il suo viso è trasfigurato dal godimento e voglio che perda la testa quanto me.

«Dimmelo, bambolina. Dimmi di cosa hai bisogno.»

Il vezzeggiativo la fa irrigidire come sempre. E lo fa ogni singola parte del suo corpo, le pareti del suo sesso si contraggono in uno spasmo che mi strizza il cazzo senza pietà e mentre io affondo dentro di lei gemendo, lei mi affonda le unghie nella schiena con il respiro corto.

I nostri sguardi si incontrano, si agganciano e non si lasciano più andare.

«Dimmelo» insisto implacabile.

È una battaglia di volontà, di controllo che lei non vuole cedermi, ma di cui io ho un bisogno viscerale. Ho bisogno che si fidi di me al punto da lasciarmi il pieno controllo. Il silenzio si allunga, ma la stanza si riempie dei suoni dei nostri corpi che lottano, si uniscono, combattono, si cercano, mentre lei solleva i fianchi e viene incontro alle mie spinte. Lo vuole, tanto quanto me, ma per un attimo temo che rifiuterà di ammetterlo.

«Scopami, Frank» dice con determinazione, sottomettendosi finalmente al desiderio e alla lussuria, continua a guardarmi negli occhi mentre li socchiude un po' e conclude: «Forte.»

Ed è la mia fine. Lei mi cede il controllo e io divento preda dei miei più basici bisogni e raggiungo un ritmo forsennato, la brama che mi possiede mi travolge, mi sintonizza sul suo respiro, sui suoi gemiti e sugli spasmi della sua fica e, quando viene, mi bastano un paio di spinte in più per sentire la familiare tensione alla base della schiena e raggiungerla in quell'estasi di piacere, riempiendola del mio seme, marchiandola come mia. *Mia, cazzo.*

Quando torno sulla Terra e la mia vista si schiarisce dalla nebbia del piacere, trovo Isa rilassata sotto di me, con un sorrisetto soddisfatto sulle labbra.

Esco per liberarla dal mio peso, ancora alla ricerca della lucidità, la vedo chiudere le gambe, ma non mi sfugge la vista magnifica del mio piacere che le cola dalle labbra intime, un movimento che fisso senza ritegno e vorrei quasi battermi il petto come un cavernicolo, ma mi trattengo. *A stento, ma mi trattengo.*

Sposto lo sguardo verso i suoi occhi e la vedo arrossire.

«Non dirmi che adesso farai la timida» ridacchio, scendendo dal letto per recuperare un paio di asciugamani puliti nel bagno adiacente.

«Chi, io? Ma figurati!» esclama, ma quando torno la

trovo sotto le lenzuola.

Le sorrido e lei abbassa lo sguardo. Ho già detto che
è bellissima? Quando poi è così docile mi fa impazzire.
Anche se, forse, la preferisco quando mi sfida. *Sono
rovinato.*

CAPITOLO
VENTUNO

ISABELLA

Avete presente il vecchio consiglio della nonna di non andare a letto arrabbiati? Beh, da quando una settimana fa, io e Frank abbiamo fatto l'amore... *sesso, volevo dire sesso*, la vita coniugale è diventata piacevole e rilassata.

Quell'uomo sa benissimo come toccarmi per rendermi creta nelle sue mani e ogni sera rincorre il mio piacere come fosse la sua unica missione di vita, facendomi addormentare ogni volta sazia e soddisfatta.

Questa mattina mi sono svegliata con Frank che lasciava morbidi baci sulle mie spalle e sulla mia schiena e dopo del sano sesso mattutino – definizione sua, non mia – mi ha suggerito di andare a fare shopping con una delle guardie.

Prima di uscire, si è avvicinato per salutarmi e mi ha

allungato la sua carta di credito.

«Divertiti, ma Mike sarà la tua scorta» mi ha fatto l'occhiolino e, zittendo le mie proteste con un rapido bacio sulle labbra, è uscito di casa con due uomini di scorta.

Ho abbassato lo sguardo su ciò che avevo tra le mani. Una Black American Express. *Oh, Cielo! È per caso impazzito?*

Avrei potuto divertirmi sul serio e, anche se non sono una fanatica dello shopping, pur di uscire un po' di casa, mi sarei accontentata.

Non perdo tempo e chiamo Mariella per avvertirla di prepararsi a una giornata di shopping sfrenato.

Sono sicura che da sola in casa con i nostri genitori stia impazzendo e, infatti, Mike non fa nemmeno in tempo ad accostare davanti casa dei miei genitori venti minuti dopo che Mariella esce trafelata neanche avesse il diavolo alle calcagna.

Sale in auto e mi rivolge un sorriso a metà tra l'entusiasta e l'esasperato, e sospetto di sapere senza alcun dubbio chi lo abbia provocato.

«Dio, grazie di avermi chiamata. Non li sopportavo più» conferma mia sorella sbuffando mentre Mike si immette nel traffico.

«Andiamo, non possono starti ancora con il fiato sul collo. Mi sono sposata con il Boss, loro sono saliti di netto nella gerarchia dell'organizzazione, cavolo, dovrebbero essere in estasi post-orgasmica.»

«*Eww...* che immagine terribile mi hai appena fornito, sorella. Non che io sappia cosa si provi in un'estasi post-orgasmica, visto che i miei continuano a tenermi sotto una campana di vetro, mentre mia sorella, nemmeno ventenne, scopa come una forsennata.» Ridacchia mentre io avvampo. «Comunque, ora sono convinti che sistemeranno anche me con un *buon partito*, parole della mamma, e papà ha addirittura proposto Armando, il figlio del Tesoriere, ce l'hai presente?» mi domanda con espressione inorridita.

Quasi mi strozzo quando capisco con precisione di chi parla.

«Oh Signore, intendi Mr. *Centocinquanta chili di sudore*?» le chiedo conferma usando il soprannome del mio compagno delle superiori che mangiava sempre, *e intendo letteralmente sempre*, e si lavava di rado – diceva che lavarsi non era un bisogno primario e toglieva tempo al bisogno primario fondamentale dell'essere umano, *e sì, sto parlando del cibo*. «Tra l'altro, non vorrei darti false speranze, ma credo proprio che non abbia la minima intenzione di sposarsi: sta tanto bene a casa della mammina che il fine settimana prepara solo per lui sei teglie di parmigiana» cerco di rassicurare mia sorella che strabuzza gli occhi.

«Signora Mancuso, siamo arrivati» ci avvisa Mike dal posto di guida.

Guardo fuori dal finestrino e mi accorgo che siamo nei pressi della *Union Square*, il posto migliore della città dove fare shopping, soprattutto con la carta di credito di qualcun altro.

«Grazie Mike, ma la signora Mancuso è la madre di Frank. Per favore, chiamami Isabella» gli chiedo, rivolgendogli un sorriso attraverso lo specchietto retrovisore.

«Certo, signora Isabella» ribatte strappandomi un lamento.

«No, no. Per l'amore di Dio, ho diciannove anni. Dammi del tu, va bene?»

«Devo chiedere al Boss, signora. Se mi verrà dato il permesso, sarò felice di fare come richiesto» replica formulando con attenzione la frase senza darmi né del tu, né del lei.

«Va bene, parlerò anch'io con Frank. Già mi sembra troppo andare in giro con una guardia del corpo, nemmeno fossi una star del cinema» commento con un pizzico di acidità per quella limitazione della mia libertà, anche se so molto bene *perché* devo andare in giro con una scorta. Questo, però, non significa che non vada contro tutti i miei istinti.

Scendo dall'auto insieme a Mariella, mentre Mike controlla con estrema discrezione i paraggi, camminando un paio di passi avanti a noi.

Prima di dimenticarmene, apro l'app di messaggistica e scrivo un breve messaggio a Frank.

Isabella: Ho accettato di andare in giro con Mike, ma vorrei mi chiamasse Isabella, non signora Mancuso.

La sua risposta non si fa attendere.

Frank: A me sembra perfetto, signora Mancuso. Cazzo, posso chiamarti anch'io così stasera quando mi starai sopra?

Isabella: Spero che quando lo farai, visualizzerai tua madre che ti cavalca il cazzo.

Gli rispondo aspra.

Frank: Ma che schifo! Ecco, adesso farò davvero fatica ad avere un'erezione con questa immagine in testa.

Non posso fare a meno di ridacchiare quando leggo la sua replica, ma la risatina si trasforma in un ghigno malizioso appena mi rendo conto che mi ha offerto la leva perfetta con cui convincerlo.

Isabella: Se Mike mi darà del tu e mi chiamerà Isabella, stasera ci penserò io a farti venire un'erezione indimenticabile.

Lo stuzzico aggiungendo l'emoji dell'occhiolino e invio, mettendo via il telefono e lasciandolo cuocere nel suo brodo.

Prendo mia sorella a braccetto, ignorando il suo sorrisino compiaciuto, e ci avviamo verso *Stockton Street*. Ho intenzione di fare un *luuungo* giro di negozi che concluderò da *Victoria's Secret*, se Frank si comporterà bene.

Intanto, voglio riprendere il discorso precedente con mia sorella e investigare un po' su ciò che ho visto al matrimonio.

«Dunque, dicevamo? Ah sì, Armando. Non credo che tu debba temere nulla al riguardo. Però, potresti cominciare a guardarti intorno, a uscire con qualche ragazzo, vedere se qualcuno stuzzica il tuo interesse.»

Mariella si volta a guardarmi come se fossi impazzita.

«Chi sei tu e cosa ne hai fatto della mia super protettiva sorella maggiore?» domanda sarcastica.

«Dico sul serio, Mari. Non parli mai di ragazzi, è come se nemmeno li vedessi. Ma loro ti vedono, eccome. Ormai sei cresciuta e sei un fiore di ragazza, e non lo dico perché sei mia sorella. È la verità, e voglio che tu sia consapevole degli interessi maschili, per poterli gestire... o evitare» concludo, sperando di non essere risultata troppo ovvia. Ma è mia sorella, e mi conosce troppo bene.

«Ah!» esclama. «È di *questo* che stiamo parlando. Potevi andare dritta al sodo senza troppi giri di parole, sorella.»

«Sì, stiamo parlando proprio di questo. Di te, di Alex e del ballo al mio matrimonio. Dio mio, Mari, a cosa pensavi quando hai deciso di ballare con lui? *Alex*, il Secondo di Frank, un uomo ignobile quanto lui, un signore della mafia che ha torturato e ucciso non voglio nemmeno immaginare quante persone» dico, abbassando il tono della voce per non farmi sentire da Mike, sempre vigile nei paraggi.

Entriamo nel primo negozio e Mariella sfugge al mio interrogatorio senza rispondermi, non voglio farle troppa pressione, perché siamo in pubblico e vorrei evitare scenate, che sono certa verrebbero riportate a Frank da uno zelante Mike.

Io e mia sorella ci scambiamo qualche sguardo mentre vaghiamo nel negozio senza un vero interesse, è scesa una strana tensione tra di noi. Non mi piace e non lascerò che si prolunghi oltre.

Segnalo a Mike che andiamo nei camerini a provare un paio di capi – che ho arraffato a caso – e la trascino nelle cabine per avere un momento di privacy. Per fortuna, siamo sole.

«Mari, parlami, per favore. Cosa succede?»

«Isa, capisco che ti preoccupi per me. Ma non ce n'è alcun bisogno, ti assicuro che puoi stare tranquilla. Ci ha già pensato Alex a chiarire con estrema cura dei dettagli cosa pensa della sottoscritta» spiega e i suoi occhi si fanno lucidi. In questo momento, l'unica cosa che vorrei fare è prendere a pugni quello stronzo per aver ferito mia sorella.

«Tesoro, ascoltami bene. Non so cosa ti abbia detto quel bastardo, ma non devi dargli retta. Da quella boccaccia possono uscire solo cattiverie gratuite ed enormi stronzate e qualsiasi cosa abbia detto, erano solo menzogne.»

«Ha detto che sono un fiorellino puro e delicato. Che sono un'anima così innocente da essere intoccabile. Che mi reputa inavvicinabile per quanto sono candida, e che tra le sue mani mi sporcherei in modo irrimediabile. Mi spezzerei. Che sotto di lui potrei morire di piacere perché non saprei nemmeno da dove iniziare a gestire tutti gli orgasmi che potrebbe darmi» conclude col fiato grosso e le guance un po' arrossate.

E non voglio sapere se è per la rabbia, o per qualcosa di altrettanto potente.

Posso davvero rinnegare le parole di Alex? Voglio dire, per quanto sia stato diretto e brutale, sono d'accordo con lui su quasi tutta la linea: Mariella è tutte queste cose, è innocente e delicata.

E, sicuro come la morte, per quel bastardo, la mia sorellina è e resterà intoccabile e inavvicinabile. Mi assicurerò di chiarire ancora una volta le cose con Frank, non voglio che ci sia il minimo dubbio al riguardo.

Per ora, posso solo provare a confortare la mia sorellina ferita nell'amor proprio.

«Tesoro, ti prego, non devi dare ascolto alle sue parole. È solo che tu rappresenti ciò che lui non potrà mai avere, perché la sua anima è corrotta e il suo cuore è un putrido cimitero privo di sentimenti.»

Chiude gli occhi un istante e tira su col naso, e capisco che sta cercando di non crollare e di trattenere le lacrime. La mia voglia di uccidere Alex non fa che aumentare.

In silenzio, la stringo forte tra le mie braccia, non c'è molto che possa dire per consolarla, però voglio che sappia che le sono accanto e che ci sarò sempre per lei.

«Grazie, Isa. Non so come farei senza di te. È solo che... non so come spiegarlo, sai meglio di me che la mia esperienza in materia è nulla, però Alex mi fa uno strano effetto. Un po' mi spaventa con quella cicatrice e la sua reputazione, ma non ti nascondo che una parte di me ne è attratta, e questo mi terrorizza, ma allo stesso tempo non posso fare a meno di gravitargli intorno. Dio, è un discorso senza senso, vero?»

Scuoto la testa, perché purtroppo so molto bene come si sente, e prevedo grossi guai.

«Ascoltami, le sue parole ti hanno scossa e lo capisco. Ma vorrei che ti concentrassi su te stessa e sul tuo futuro. Un futuro in cui Alex non è contemplato, perché *lui* non è alla *tua* altezza. Non viceversa. Restiamo concentrate sull'obiettivo, l'UCLA e Parigi, pensiamo solo a questo e non lasciamoci distrarre a un passo dalla mèta. D'accordo?»

Mia sorella sospira, ma quando solleva lo sguardo e incontra il mio, i suoi occhi hanno una luce determinata che mi rincuora un po'.

«Hai ragione, se c'è una possibilità di realizzare i nostri sogni, dobbiamo restare concentrate su questo» conferma, raddrizzando le spalle e sospiro di sollievo per la crisi scampata, almeno per ora.

Sorridendo, lasciamo le cabine prova mano nella mano e, a quel punto, la piacevole giornata di shopping torna a essere proprio questo e trascorre senza ulteriori inghippi, fino a quando un paio d'ore più tardi stiamo uscendo da una boutique artigianale e con la coda dell'occhio, noto Mike avvicinarsi.

«Isabella, è quasi ora di pranzo e dovremmo riaccompagnare la signorina Mariella a casa» mi comunica e... *un attimo!* Mi ha appena chiamata Isabella, senza usare titoli.

Mi volto a guardarlo e gli trovo un sorrisino

consapevole sul volto.

«Mike, sbaglio o mi hai appena chiamata Isabella?» domando per averne la certezza.

«Sembra proprio che io sia stato autorizzato, *Isabella*» conferma e so già che, prima di riaccompagnare a casa Mari, dovrò fare un'ultima tappa per il mio diligente marito.

***

Per questa sera, ho chiesto a Loretta di preparare una cena a base dei piatti preferiti di Frank e quando un'ora fa ha finito, mi sono concessa un bel bagno caldo, prima di indossare il completino che ho acquistato proprio per mio marito.

Mi fa ancora strano pensare a lui come *mio marito*, perché in qualche modo mi è stato imposto e odio non aver potuto scegliere da me l'uomo con cui trascorrere il resto della mia vita, ma se devo essere del tutto onesta, faccio sempre più fatica a trovare dentro di me quella riluttanza e quel senso di rifiuto che mi animavano all'inizio.

Forse perché lui si è rivelato molto diverso, forse perché ne sono attratta nemmeno fosse un magnete, forse perché mi regala orgasmi stratosferici a profusione, ma non mentirò a me stessa. *Provo qualcosa per lui.*

Qualcosa a cui non darò un nome, perché è troppo presto per usare la parola con la A e non mi sento affatto pronta a farlo, ma si tratta comunque di qualcosa che mi spaventa da morire, perché non so se lui potrà mai ricambiare.

Metto da parte le mie riflessioni e mi concentro sul compito della serata: voglio ringraziarlo per questa giornata di shopping in cui ho potuto approfittare della sua carta di credito, mostrandogli parte degli acquisti che ho fatto... l'altra parte gliela mostrerò in camera da letto.

Sono tentata di riprendere il "discorso Alex" e chiarire ancora una volta che deve tenere a posto quelle sue manacce, ma ho la sensazione che finiremmo per discutere e ci rovineremmo la serata.

In tutta onestà, ho voglia di passare il mio tempo con Frank, e preferirei farlo senza litigi.

Un discorso che invece riprenderò di certo è quello relativo alla UCLA, le tempistiche per l'iscrizione si avvicinano sempre più alla scadenza, e non so ancora quale destino mi aspetta. Sono pronta a contrattare, accettando di iscrivermi anche al secondo semestre, ma vorrei sapere se frequentare il college è ancora una possibilità o se ormai mi è stata preclusa in modo definitivo.

In sala, accendo un paio di candele profumate, abbasso leggermente le luci e accendo la *dock station* per far partire la mia playlist preferita.

La musica si diffonde rendendo subito più intimo l'ambiente e quasi tremo per l'aspettativa, non so se gli piacerà l'atmosfera che ho creato o se mi riderà in faccia pensando che sia tutto ridicolo, che io sia ridicola. *Basta. Pensa positivo, Isa.*

Faccio un respiro profondo per calmarmi e per non farmi prendere dall'ansia mi sposto in cucina per controllare che le pietanze siano ancora in caldo e che sia tutto pronto.

Apro una bottiglia di vino bianco, un prosecco italiano, dal sapore fruttato che so essere uno dei preferiti di Frank, e me ne verso un generoso bicchiere. Avrò bisogno anche di coraggio liquido per arrivare in fondo a questa serata.

Ho appena mandato giù il secondo sorso di questo

vino delizioso che sento la porta chiudersi e un brivido di eccitazione mi scorre lungo la schiena. *Mantieni la calma*, mi sprono prima di farmi prendere dal panico, e mando giù un altro generoso sorso di prosecco.

«Isa?» chiama Frank dalla sala e lo trovo di spalle, intento a guardarsi intorno con attenzione.

Mi schiarisco la gola e gli sorrido appena si volta.

«Ehi» riesco a tirare fuori, nonostante mi sembri di avere la gola piena di sabbia.

«Ciao» mi saluta e, quando i suoi occhi scivolano sul mio corpo, li sento come fossero dita bollenti che mi accarezzano.

«H-ho chiesto a Loretta di prepararci una cena particolare, con tutti i tuoi piatti preferiti, spero non ti dispiaccia, ma se non ti va o se vuoi mangiare altro, ordiniamo qualcosa» comincio a farfugliare, perché lui non dice nulla e il suo sguardo continua a farsi sempre più intenso.

«Sei agitata» commenta, stoico e calmissimo. *Quanto lo invidio.*

Io me ne sto qui con un terremoto nel cuore che minaccia di spaccarmi a metà e lui se ne sta lì, impassibile, senza smuoversi nemmeno di un millimetro.

«Io? N-no, perché dovrei? Non è niente di che» sbuffo, cercando una via di fuga, prima che il panico dilaghi e mi privi della capacità di ragionare in modo lucido. «Senti, lasciamo stare. È stata una pessima idea, non so cosa mi sia venuto in mente. Scusami, davvero, non volevo farti perdere tempo» comincio a battere in ritirata, perché non sopporterei di essere derisa da lui.

Ma il mio panico non lo sfiora nemmeno e quando finalmente si muove, lo fa per venirmi incontro con passi lenti e misurati, e non riesco a capire se mi stia trattando come una preda da braccare o un animale selvatico pronto alla fuga da calmare.

Eppure, i suoi movimenti mi incantano. Sono eleganti, ma allo stesso tempo letali. Frank si muove e il mio asse gravita verso di lui, come fosse una calamita che mi attira senza possibilità di sottrarmi.

Quando alzo lo sguardo e incrocio i suoi occhi mi manca il fiato. Nonostante la maschera di impassibilità che gli ho visto indossare sempre in pubblico, io vedo oltre. Oltre quelle mura impenetrabili che ha tirato su con estrema abilità e cura, e quello che trovo è un inferno di immagini di noi due insieme, l'uno sopra l'altro, l'uno dentro l'altro, a scambiarci i corpi, a fonderci le anime.

Arriva a un passo da me e sfiorandomi il collo con il dorso delle dita, la sua bocca si apre in un lento sorriso appena accennato.

«Sono certo che sarà una cena deliziosa, non vedo l'ora di assaggiare *tutto*» mi rassicura, anche se non sono più certa che stia parlando delle pietanze preparate da Loretta. «Ci accomodiamo?» mi domanda e mi accorgo di essere rimasta lì a guardarlo con la bava alla bocca senza nemmeno degnarlo di una risposta.

«C-certo» rispondo a quel punto. «È tutto in forno, dammi un attimo. Tu accomodati» lo invito, mentre mi prendo un momento per recuperare lucidità e smetterla di farmi schiavizzare dal mio corpo e dagli ormoni.

Quando sono pronta, porto a tavola la teglia di lasagne, e devo ammettere che ha un profumino delizioso che fa borbottare persino il mio stomaco aggrovigliato.

«Mmm, le lasagne di Loretta, una vera delizia» sospira felice Frank con un sorriso che provoca una capriola al mio cuore.

In questo momento, sembra più "umano", meno

"macchina assassina senza pietà". E il mio cuore si riempie di un'emozione sconosciuta a cui non ho la minima intenzione di dare un nome.

«Già, hanno un profumo fantastico e scommetto che il sapore sarà anche meglio» replico con entusiasmo, e sono felice che questa cena gli piaccia. «Com'è andata la tua giornata?» gli domando per fare un po' di conversazione.

Ma il suo sorriso si gela e la temperatura nella stanza cala di almeno dieci gradi. *Forse non è stata proprio la domanda migliore con cui partire.*

«Non devi parlarmene, se non vuoi» cerco di recuperare, respingendo con forza quel pizzico di delusione che provo, perché vorrei che si sentisse libero di parlarmi di tutto.

D'altronde, come mi ha ricordato proprio lui soltanto una settimana fa, *"da questo matrimonio ne usciremo solo da morti"*, allora perché non giocare nella stessa squadra?

«Non è che non voglio, Isa» mi risponde inaspettatamente. «Ma alcune delle cose che faccio non sono proprio un argomento adatto a una piacevole cena, che precede un sesso da favola con la mia dolce mogliettina che grida il mio nome mentre la scopo fino a farle perdere il senno, no?» spiega e io devo essere diventata rossa come questo ragù alla bolognese. «Tuttavia, posso dirti che è stata una giornata stancante, perché non sono sicuro che le talpe tra i miei uomini siano finite. Vorrei solo trovare un modo veloce e sicuro per liberarmi dei nostri rivali, ma, fino a questo punto, non ho trovato soluzioni all'altezza delle mie aspettative» conclude e io apprezzo moltissimo questo suo sforzo di condividere con me le sue preoccupazioni.

Decido di ricambiare spiegandogli quello che ho fatto oggi e accennando al programma di studio della UCLA, ma non colgo alcuna sua reazione particolare.

Ha stappato una bottiglia di vino rosso, non il mio preferito, ma che si sposa benissimo con questa cena, e poi ha un sapore così avvolgente che scende con facilità, scacciando la tensione e facendomi rilassare un po'.

Al terzo bicchiere, la conversazione va ormai avanti da sola con argomenti più leggeri e scopro un Frank che sa anche essere divertente e che condivide la mia passione per i viaggi. Sorride compiaciuto quando propongo un viaggio di nozze in un'isola caraibica sperduta.

Quando arriviamo al secondo e porto a tavola le polpette al sugo, anche queste vengono accolte con sincera approvazione da parte di Frank.

Sul finire del secondo piatto, e del quarto bicchiere, sono sicura di aver travisato le parole che mio marito ha appena pronunciato; quindi, le ripeto sforzandomi di non farfugliare.

«Sei davvero d'accordo che frequenti l'università? Posso frequentare le lezioni e ottenere la laurea che sogno da sempre?» sparo domande a raffica perché non riesco ancora a credere a ciò che le mie orecchie hanno appena sentito.

«Sì a tutte le domande, anche se preferirei che frequentassi da casa, almeno le lezioni che offrono questa possibilità; per le altre, verranno con te al campus un paio dei miei uomini, e ti assicuro che saranno del tutto invisibili» si affretta a precisare quando nota il mio sguardo dubbioso.

Mi sembra incredibile, avevo rinunciato al mio sogno nel momento in cui avevo deciso di sacrificarmi per mia sorella, *ma è stato davvero un sacrificio?*

Zittisco la vocina della mia coscienza, perché sono consapevole che questo matrimonio si è rivelato molto diverso da ciò che temevo, sebbene abbia ancora qualche timore nel crederci del tutto.

Ma, per quanto non voglia tirare troppo la corda, non posso fare a meno di ripensare a mia sorella e al suo sogno, come potrei vivere il mio, almeno in parte, sapendo che lei vivrà sotto la campana di vetro dei miei genitori? Consapevole che studiare a Parigi è ormai diventata un'utopia?

Sospiro e ancora una volta, metto a repentaglio le mie conquiste, i miei obiettivi, per salvaguardare i sogni di mia sorella.

«E Mariella? Lei potrà andare a studiare a Parigi come ha sempre desiderato?» domando, senza riuscire a nascondere del tutto l'ansia e la speranza.

Per un attimo, lui sembra stupito come se non si fosse aspettato questa domanda, poi stringe le labbra e vedo il suo cervello mettersi in moto.

Frank è una creatura affascinante da osservare quando si perde nei suoi ragionamenti; può essere insieme a te in una stanza, attento e presente, ma è come se la sua testa andasse in un'altra dimensione dove elabora e visualizza tattiche e strategie, scarta ipotesi, le riformula e poi arriva alla soluzione.

Quando lo fa, torna a guardarmi con un mezzo sorrisino e io quasi sospiro di sollievo.

«Posso lavorarci, dammi un po' di tempo per organizzare tutto» afferma e non avrei potuto chiedere niente di più.

Sbatto le palpebre per tenere a bada le lacrime che mi pungono gli occhi e sospiro, perché quest'uomo, un uomo che fuori da questa casa è uno spietato assassino senza scrupoli, si sta impegnando per rendermi felice e non posso che gioirne.

Mi alzo e mi avvicino a lui, che osserva ogni mia mossa, immobile come una statua, non c'è tensione nei suoi muscoli, ma so che se volesse farmi del male, gli basterebbe un attimo. Quando sono a un passo da lui, gli sorrido e allungo una mano per accarezzargli il viso.

«Grazie. È molto più di quanto avrei mai sperato. Conosco le regole antiquate del nostro mondo e ricordo bene cosa aveva detto tua madre durante la cena a casa dei miei genitori. So che permettermi di studiare ti ha richiesto un certo impegno e te ne sono immensamente grata.»

Mi chino verso di lui, lentamente e lui rimane lì, aspetta, mi lascia libera di scegliere, di prendere e dare ciò che voglio... *Dio, quanto lo a... no, niente.*

CAPITOLO VENTIDUE

FRANK

Restare immobile e non prendermi tutto e subito come vorrei, e come sono abituato a fare, è uno sforzo quasi sovrumano, ma devo, *voglio*, lasciare che sia lei a fare il primo passo.

La settimana appena trascorsa è stata illuminante su quanto Isa abbia bisogno di non essere privata della possibilità di compiere in libertà le sue scelte.

Per quanto mi sarà possibile, farò sempre in modo che abbia questa possibilità.

Ma se crede che mi sia dimenticato della promessa che mi ha fatto questa mattina, allora sarò costretto a rinfrescarle la memoria.

«Conosco un ottimo modo in cui potresti ringraziarmi, bambolina. In effetti, questa mattina mi hai promesso un'erezione *indimenticabile*, o vuoi tirarti indietro?» le domando con tono di sfida, perché tra noi è così, una sfida continua per vedere chi resiste, chi vince e chi perde, chi domina e chi si sottomette, anche se alla fine vinciamo entrambi orgasmi multipli, quindi non mi lamento di certo.

«Beh, immagino che per scoprirlo dovrai aspettare fino a dopo il dolce» mi sorride ammiccante e fa per allontanarsi, ma le trattengo il polso, perché mi è appena venuta un'idea migliore e non vedo l'ora di mostrargliela.

«Vieni, so esattamente qual è il dolce che voglio mangiare ora» chiarisco e lei arrossisce appena capisce il vero senso delle mie parole.

In camera da letto, non perdo tempo e mi libero della camicia e dei pantaloni, mentre nei boxer la mia erezione comincia a prendere vita.

La libero senza troppi complimenti del bellissimo vestito che indossa e sono certo che stia per venirmi un infarto.

Indossa un completino intimo coordinato di pizzo e seta dello stesso colore dei suoi occhi, sensuale e sfacciato allo stesso tempo.

Quasi mi dispiace doverglielo strappare di dosso, ma un attimo dopo devo ricredermi, perché quando arretra sul letto e allarga le gambe, mi accorgo che questo infernale capo d'abbigliamento ha delle aperture, molto strategiche, posizionate sui seni e sulla fica. *Chi ha inventato questi cosi è un fottuto genio.*

Isa deve leggermi in faccia lo stupore perché mi sorride sorniona e si sfiora un capezzolo scoperto, e io non riesco a resistere oltre a quella sua malizia innocente che mi eccita e mi fa perdere la testa, e il maledetto controllo.

Mi tuffo tra le sue gambe mentre lei lancia un urletto acuto e, senza darle il tempo di riprendere fiato, mi fiondo sul fascio di nervi che nasconde tra le pieghe: piccolo e delicato, il suo clitoride è perfetto tra le mie labbra mentre lo lecco e ci giro intorno con la lingua e sento Isa ansimare eccitata.

Non vedo l'ora di assaggiarla e scendo più in basso per leccarla come desidero fare da ore. Gronda eccitazione, gli umori le colano sul solco dei glutei e li raccolgo con la lingua, sfiorandole per un breve attimo quell'orifizio inviolato, che prima o poi sarà mio.

Sento il cazzo contrarsi, ma mi impongo di stare calmo, voglio sentirla venire sulla mia lingua. Voglio gustarmi il sapore del suo piacere e ho intenzione di prendermi tutto il tempo necessario per farla impazzire d'eccitazione.

Ruota i fianchi in cerca dell'attrito e la accontento, tornando a succhiarle il clitoride. Le infilo dentro un dito e lei si lamenta. Alla mia ingorda bambolina non basta. Ne infilo un secondo e comincio a muovere le dita avanti e indietro, prima piano, poi più veloce, ma senza piegarle, non voglio ancora farla arrivare al punto di non ritorno.

Lecco, succhio e la scopo con le dita fin quando comincio a sentire i suoi muscoli interni tendersi. È vicina.

«Frank...» geme.

«Cosa c'è bambolina? Dimmi cosa vuoi» le impongo.

«Di più, voglio di più» replica, andando incontro alle mie dita.

Ne aggiungo un terzo e aumento il ritmo, ruoto il polso e piego le dita dentro di lei, raggiungendo il suo punto critico, quello che la porterà oltre il limite tra pochi secondi.

«Sei una fottuta visione, Isa. Merda, sei bellissima e sei mia. Il tuo piacere è mio, e ora lo voglio sulla mia lingua. Vieni per me, adesso» le dico e la mia voce è roca e trasuda eccitazione.

E lei lo fa. Gode con forza, a lungo, cavalca l'estasi dell'orgasmo inseguendo le ondate di piacere con il movimento dei fianchi. *Potrei venire solo guardandola.*

E non faccio altro che godermi questo spettacolo finché torna sulla Terra e mi rivolge uno sguardo timido, una specie di *vorrei ma non posso* e cerco di decifrare ciò che accade nella sua bellissima testolina, ma spesso non ci riesco.

La mia donna è un enigma, ma sono pronto a passare il resto della mia vita a comprenderlo.

«Bambolina, vuoi dirmi qualcosa?» offro, morendo dalla curiosità di sapere cosa le passa per la testa.

«I-io vorrei ricambiare e...» la sua voce sfuma e non finisce la frase, ma ho capito.

«Eccomi qua, sono tutto tuo» le dico, spostandomi sul letto per darle libero accesso al mio cazzo, che scatta sull'attenti pronto per le sue attenzioni.

Lei arrossisce in modo quasi violento e abbassa subito lo sguardo. La mia tigre si è intimidita e non capisco il motivo. Non è la prima volta che vede un cazzo, facciamo un sesso spettacolare da giorni, so che ha esperienza e quindi...

«Io n-non ho...» dice, ma non elabora oltre.

Oh, porca merda. Forse ho capito. Sul serio, stavolta.

«Bambolina, per caso, mi stai dicendo che quella meravigliosa bocca non ha mai succhiato un cazzo e che sarà mia e soltanto mia da qui alla fine dei miei giorni?»

«Quanto sei volgare» ridacchia, arrossendo un po'.

«Ma ti ho fatta ridere, missione compiuta» replico facendole l'occhiolino.

«Beh, sì, in effetti è così» azzarda uno sguardo nella mia direzione e mi trova con un sorriso a trentadue denti, che la incoraggia a proseguire. «Quindi, mi chiedevo se, oh insomma, se ti andrebbe di spiegarmi?» dice tutto d'un fiato e se la mia erezione prima era in tiro, fanculo, ora è di marmo.

«Non c'è cosa che vorrei fare di più in questo momento» le dico abbassando la voce di un paio di toni e porgendole una mano affinché si avvicini.

Lei non esita e mi raggiunge, mi posa una mano sull'addome e mi rivolge uno sguardo attento e desideroso di imparare.

Che diavolo mi succede? Mi sono sempre piaciute le donne reattive e consapevoli di cosa dovessero fare; eppure, percepisco un'ondata di eccitazione vibrarmi nelle orecchie davanti all'innocenza della mia bambolina.

È eccitante in modo indescrivibile sapere che non l'ha mai fatto prima e che quella bocca sarà mia e di nessun altro.

«Toccalo» e lei lo fa, di nuovo, senza esitare. «Va tutto bene, bambolina, devi fare solo ciò che ti piace. Se piace a te, piace a me. Capito?»

Mi guarda per un istante e sembra cercare dentro i miei occhi le risposte alle domande che non mi ha mai posto e, proprio quando penso che salterà giù dal letto per chiudersi in bagno, abbassa la testa e la punta della sua lingua mi sfiora la cappella. *Cazzo, potrei venire solo così.*

«Oh, sì, bambolina. Prendilo in bocca. Sei bravissima.» Mi circonda l'erezione con le labbra morbide e succhia pianissimo. *Dio, voglio morire così.*

Lo tira fuori e torna a guardarmi. Non fingo nemmeno

di darmi un contegno.

«E poi?» domanda la mia bambolina curiosa.

«Continua a succhiarlo e cerca di prenderlo tutto in bocca» le spiego.

«*Tutto*? Ma è troppo grosso!» spalanca gli occhi e mi guarda spaventata nemmeno le avessi chiesto di sparare a qualcuno a sangue freddo.

Sopprimo una risatina, perché non voglio che si senta schernita, anche se la sua reazione è una botta di adrenalina per la mia autostima e cerco di aggiustare il tiro.

«Beh, quanto più riesci a prenderlo.»

Fa come le ho detto, aprendo la bocca il più possibile e, tenendo gli occhi nei miei, mi accoglie più in profondità di quanto mi sarei aspettato. *Ha talento la mia bambolina, e le avrei insegnato a godere di ogni cosa.*

Si muove prima piano, poi aumentando il ritmo, finché avverto la tensione serrarmi la schiena e decido di prendere il controllo.

Le afferro i capelli per poterle dare il ritmo che voglio, spingendo avanti e indietro, dandole solo un attimo per abituarsi. Quando alza di nuovo lo sguardo su di me, noto le sue pupille dilatate, le sfugge un gemito.

«Ti piace che ti scopi la bocca, bambolina?» le domando con voce roca. Geme di nuovo e percepisco quella vibrazione fino alla base dell'erezione.

Stringo la presa tra i suoi capelli e comincio a muovermi più veloce, con il desiderio di possederla come nessuno aveva mai fatto.

Quando sono quasi al punto di non ritorno, tolgo la mano e le dico: «Sto venendo, bambolina. Se vuoi spostarti, è il momento di farlo» la avviso, anche se una parte oscura dentro di me vorrebbe tanto che restasse dov'è.

Lei incrocia il mio sguardo per un attimo e mugola, torna a concentrarsi sulla mia erezione e a succhiare, senza spostarsi. *Dio, ti ringrazio.*

Dopo qualche altra spinta, la tensione diventa insopportabile e sento l'orgasmo arrivare.

«Guardami, Isa. Guardami mentre mi fai godere, mentre ti riempio del mio seme, mentre ti reclamo come mia» le dico e appena i nostri occhi si agganciano, un'ondata di piacere mi travolge e lei ne manda giù ogni singola goccia.

***

«Che ne pensi?» domando al mio Secondo il giorno successivo.

«Vuoi che ti risponda da amico o da Secondo?» ribatte.

«I ruoli determinano risposte differenti?» replico, inarcando un sopracciglio.

«Da amico, ti direi che non ci sono motivi validi per cui non dovresti permettere a tua cognata di studiare dove preferisce, ciò che preferisce. Tua moglie, poi, ne sarebbe felice e questo migliorerebbe non poco la tua vita coniugale, no?» Quando sul suo volto si apre un ghigno malizioso, gli rivolgo un'occhiataccia omicida e lui si dà un contegno.

«Inoltre, tra poco, Mariella sarà maggiorenne e non è legata a te in maniera diretta; quindi, in linea di massima, non dovrebbe essere un obiettivo dei nostri nemici. E, comunque, nulla ti vieta di metterle addosso uno dei nostri per maggiore sicurezza. Da Secondo, ti suggerirei di evitarti questa rogna, perché ne abbiamo già a sufficienza.»

Alex è il solito tipo pratico: gli sottoponi un problema e

lui analizza pro e contro, costi e benefici e trova sempre la soluzione ottimale; a volte, più di una.

Sono fortunato che sia il mio migliore amico e maledettamente fortunato che sia il mio Secondo, in quanto a strategia e fiuto per gli affari, e per i problemi, è un fottuto cane da tartufo.

Ripenso a quanto mi ha appena detto e annuisco, sono d'accordo su tutta la linea.

Fintanto che non ci sono rischi per la mia famiglia, per mia moglie, non mi costa nulla permettere a Mariella di studiare a Parigi. E farlo, mi darebbe la possibilità di vedere Isabella felice, e la sua felicità è la mia priorità principale.

«Pensi che mi sia rammollito? Vorrei che mi rispondesse il mio migliore amico» specifico, perché temo di conoscere la risposta che mi darebbe il Secondo.

Lui mi sorride serafico, vuole tenermi sulle spine, ma scuote la testa.

«In realtà, credo che Isabella ti faccia bene. Merda, negli ultimi tempi, eri finito in una fottuta spirale violenta e le tue torture facevano rabbrividire persino me.»

«Erano nemici o traditori» mi giustifico, ma so a cosa si riferisce.

«Come ti pare, ma sembravi inseguire la morte ogni dannato giorno e aver perso quel briciolo di umanità che ti rimaneva» ribatte.

«E ora pensi che l'abbia ritrovata?» domando scettico, non mi sento più umano di prima, anche se la vibrazione violenta che mi ha sempre accompagnato si zittisce quando sono con – o meglio ancora *dentro* – Isabella.

D'altra parte, quello che provo per lei è del tutto privo di logica: sono possessivo, e non lo sono mai stato con nessuna donna. Isa mi fa venir voglia di cavare gli occhi a qualsiasi uomo la guardi. Vorrei che tutti sapessero che è mia, soltanto mia.

Una parte del mio cervello continua a ripetermi che è una cosa temporanea e che a un certo punto mi stancherò e tornerò a essere il caro vecchio Frank, gelido e insensibile.

Il problema è che lei è diventata una droga di cui non posso né voglio fare a meno. Non riesco a resisterle e la voglio ogni maledetto secondo delle mie giornate.

Alex che si schiarisce la gola mi riporta alla realtà.

«Forse no. Ma penso che ti abbia dato un motivo per respirare e non sfidare la morte ogni santo giorno. Mi basta per farmela andare a genio» sentenzia il mio amico a cui non va a genio nessuno. *Mai.*

Era il suo modo per dirmi che avrebbe protetto Isa, non perché glielo ordinavo come Capo, ma perché sapeva quanto contasse per me come uomo.

CAPITOLO VENTITRÉ

ISABELLA

Quando le cose vanno proprio come vorresti, il tempo sembra sempre scorrere veloce e le quasi quattro settimane dopo il matrimonio sono, a dir poco, volate.

Io e Frank abbiamo trovato la nostra quotidianità e, per quanto non mi azzardi ancora a esprimere i miei sentimenti ad alta voce, so che sono lì. Che crescono, si intensificano, ogni volta che mi sfiora, ogni volta che mi tocca, ogni volta che mi bacia e ogni volta che mi fa vedere le stelle. Quindi, ogni singola notte.

Il mio ruolo di moglie perfetta non richiede poi grandi sacrifici: presenziare, perlopiù in silenzio, agli eventi accanto a mio marito, annuire a intervalli regolari e offrire sorrisi di circostanza fingendo di non sapere nel dettaglio di cosa si occupi l'organizzazione guidata da mio marito. *Ma per favore.*

Beh, almeno dentro casa posso essere me stessa e ogni tanto qualche battibecco tra me e Frank c'è ancora, ma scatena il suo lato più rude, che eccita la ribelle che c'è in me e finisce sempre in un unico modo. *Sesso sfrenato e disinibito.*

La nostra routine è diventata molto piacevole e, anche se abbiamo discusso un paio di volte riguardo agli studi di Mariella, la tensione tra noi è quasi esclusivamente di tipo sessuale.

In realtà, continuo a essere speranzosa sulla questione, perché non mi ha liquidata con un secco no, ma non si decide nemmeno a darmi aggiornamenti al riguardo e sembra proprio che debba tirarglieli fuori con la pinza.

Tuttavia, mi piace trascorrere il tempo con lui e, anche se passiamo nottate di incredibile passione, le giornate le trascorro quasi sempre da sola.

Sono consapevole del fatto che stia avendo alcune beghe sul lavoro che necessitano della sua attenzione, ma non mi sento ancora a mio agio al punto da chiedergli di cosa si tratti.

Di solito, trascorrevo le giornate a leggere, avevo anche scaricato il programma di studi e mi ero fatta un'idea di quali autori leggere, o rileggere, prima dell'inizio delle lezioni. Avevo ancora tempo, però non mi costava fatica e lo preferivo allo shopping o alla SPA.

Ogni volta che mi perdo in queste riflessioni, il mio telefono squilla e compare il numero di mia sorella, nemmeno avesse un radar.

«Come stai?» la voce di mia sorella è calda e dolce,

mi ricorda la coperta di pile in cui ci accoccolavamo da piccole per guardare i cartoni in TV.

«A dir la verità, Mari, sto bene. E ancora fatico a capacitarmene. Pensavo che questo matrimonio sarebbe stato un incubo, ma non ti ho mai mentito e, anche se me ne vergogno, sono felice.»

«Perché mai dovresti vergognartene?» domanda e percepisco una nota di irritazione nella sua voce.

«Beh, perché lui è quello che è. Provare certe cose nei suoi confronti non mi rende uguale a lui? Pensi ci sia qualcosa di onorevole nell'esserlo?» ribatto, esprimendo infine ad alta voce le vere domande che mi tormentano da settimane.

«Credimi, capisco il tuo punto di vista, ma ho visto come ti guarda, il modo in cui scruta l'ambiente circostante in cerca di pericoli da cui proteggerti. Oserei dire che è quasi romantico e scommetto che i tuoi sentimenti sono ricambiati.»

Sbuffo. «Smettila, Mari, lui non ricambia proprio niente. Questo matrimonio gli serve solo per rinsaldare la sua posizione e tranquillizzare gli animi dei membri più conservatori. Il sesso è spettacolare, te lo concedo, ma è solo questo. Niente sentimenti. Niente coinvolgimento emotivo. È una persona a dir poco *particolare* e non credo che sia nemmeno in grado di provarle certe cose.»

«Come dici tu, Isa, ma mi tengo stretti i miei dubbi» ribatte quell'impertinente di mia sorella, che solo con me ha la lingua lunga.

«Bando alla ciance, la cosa davvero importante è che mi permetterà di studiare alla UCLA. Incredibile, vero?»

«*Cooosa?* Ma dici sul serio? Sono troppo felice per te, te lo meriti» esclama mia sorella e percepisco la sua gioia anche attraverso il telefono.

«Grazie, Mari e, non temere, presto lo convincerò a lasciarti studiare a Parigi» replico con convinzione, anche se un angolo del mio cervello teme che sarà una missione un po' più difficile.

«Isa, ti ringrazio, sai quanto sia importante per me, ma non inimicarti tuo marito: è il tuo unico alleato nel vostro matrimonio e sai molto bene che, fosse per mamma e papà, staresti chiusa in casa a lavorare all'uncinetto» ridacchia, ma non mi sfugge la profondità della sua riflessione e non posso fare a meno di pensare a quanto stia crescendo in fretta la mia sorellina.

Posso anche vederla come una bambina, ma sta diventando una giovane donna meravigliosa: non è solo dolce e generosa, ma lungimirante e riflessiva.

«*Peeeeerò*, in effetti, ci sarebbe una cosuccia che potresti chiedere al tuo simpaticissimo marito per conto mio» cantilena allegra e mi rimangio il pensiero sulla giovane donna.

«Spara, avanti!»

«Sai che giorno è tra ventiquattro giorni?» domanda con fare cospiratorio mentre un sorriso si allunga sulle mie labbra.

«Mmm, non mi viene in mente nulla» fingo.

«Uff, lo so che stai mentendo, ma fingerò di crederti e ti ricordo che compirò diciotto anni e... rullo di tamburi, sarebbe fichissimo festeggiarlo allo *Stark*! Immagina le mie amiche, diventerebbero verdi d'invidia. Ti prego, ti prego, ti prego!»

Perfetto, le missioni impossibili sono appena diventate due.

«Vedrò cosa posso fare, non ti prometto niente, ma ci proverò con tutte le mie forze» prometto, perché so che non c'è niente che non farei per lei.

KRIS HAMLET

«Allora, è sicuro, nessuno ti resiste, figuriamoci Frank!»

CAPITOLO VENTIQUATTRO

FRANK

Sono passate cinque settimane da quando io e Isabella ci siamo scambiati le promesse davanti alle nostre famiglie e a tutta l'organizzazione e, nonostante il modo in cui il nostro rapporto è iniziato, da quando si è lasciata andare, abbiamo trovato la nostra routine.

Da circa un mese, le mie giornate iniziano e si concludono allo stesso modo: con Isabella tra le mie braccia, e mi piace più di quanto sono disposto ad ammettere.

Tra un paio di settimane ci sarà la festa per i diciotto anni di Mariella e la settimana scorsa ho acconsentito affinché venisse organizzata allo *Stark*.

Sì, esatto, il mio elegante ed esclusivo nightclub sarà la location di una festa per i diciotto anni di una mocciosa che festeggerà insieme alle sue amiche.

Quando Alex lo ha saputo, si è piegato in due dalle risate e ha detto che Isabella mi tiene per le palle. Il problema più grave è che non ho potuto smentirlo.

Per fortuna, dopo che le sue risate si sono placate, sono riuscito a confrontarmi con lui rispetto ad altre questioni e ora sono pronto a parlare con Isa per dirle che sua sorella potrà studiare ciò che vorrà, dove vorrà.

So già che ne sarà molto felice; purtroppo, non posso fare nulla per il sogno di Isabella di vivere in Italia, ma potrò almeno permettere a sua sorella di studiare in Francia, realizzando ciò che ha sempre desiderato. *È già qualcosa, no?*

Almeno è ciò di cui sto tentando di convincermi.

Nel frattempo, i maledetti problemi sul lavoro non accennano a placarsi e abbiamo dovuto raddoppiare le ronde, gli uomini di guardia ai magazzini e quelli impiegati come protezione ai vari locali.

Ho la netta sensazione che, prima o poi, i *Ghosts* faranno la loro mossa e ho bisogno di restare ben concentrato per valutare ogni opzione, ogni spiraglio in cui potrebbero infilarsi.

Per quanto ci provi, continuo a non riuscire a inquadrarli: dànno l'idea di essere disorganizzati e mossi dall'impeto, ma in realtà, agiscono con procedure sincronizzate quasi alla perfezione, nemmeno fossero soldati addestrati, e sanno dileguarsi come dei fottuti fantasmi. Però, poi, fanno degli errori da principianti che non mi aspetterei nemmeno dal criminale più inesperto sulla piazza.

Non mi piace non riuscire a capire il mio nemico, mi fa sentire allo scoperto e vulnerabile. Una sensazione che detesto. E dobbiamo porre rimedio prima possibile. Magari proprio stasera.

Arrivo al magazzino poco dopo i miei uomini più fidati e detesto il fatto che a quest'ora sarei dovuto essere a casa mia, pronto a cenare con mia moglie, pregustandomi una notte infuocata e, invece, sono bloccato qui a risolvere problemi, perché la gente non sa fare il proprio lavoro.

Sono il Boss, e tocca a me decidere come gestire le questioni in sospeso, nonostante non vorrei altro che sprofondare tra le pieghe umide del sesso di mia moglie.

«Capo, abbiamo iniziato a fargli domande, ma sembra non voler parlare.»

Devo capire se questo coglione è una talpa. Devo capire se stanno cercando di indebolirmi con le talpe, perché non hanno abbastanza palle da affrontarmi in maniera diretta.

Mentre mi preparo mentalmente a torturare uno dei miei per vedere se sa davvero qualcosa, mi vibra il telefono che ho in tasca e lo tiro fuori per un'occhiata veloce alle notifiche. C'è un messaggio di Isa, mi ha mandato un video.

Mi allontano un momento lasciando i miei uomini a pestare l'idiota che dovrò mettere sotto torchio per capire se il casino con le consegne è stato volontario o meno e, quando mi accerto di essere solo, lo faccio partire. *Oh, cazzo, è ufficiale: quella donna sta cercando di uccidermi.*

Sento le mani sudare mentre guardo Isabella sfilare in un completino intimo che non lascia niente all'immaginazione, fare qualche posa provocante, toccandosi quelle sue magnifiche tette, prima di voltarsi e mostrarmi un culo da sogno, poi guarda nell'obiettivo da sopra la spalla con un sorrisino malizioso sulla bocca.

Quanto amo quel sorriso... *che cazzo ho appena pensato? Merda, sono davvero fottuto.*

Quando il video finisce, arriva un messaggio da parte sua.

Isabella: Ti aspetto.

Due parole. Due semplici parole e ho la bocca più secca del deserto del Sahara, cerco di riprendermi e di recuperare un minimo di sanità mentale prima di mandarle a mia volta un messaggio vocale, perché so quanto riesca a eccitarla la mia voce: «Ciao bambolina, sei stata molto cattiva... e se ci fosse stato qualcuno con me? Conserva le energie per stasera, ti serviranno.»

Rimetto il telefono in tasca e con una rinnovata energia, torno a occuparmi della questione in sospeso che risolverò nei prossimi sessanta secondi.

Apro la porta di casa meno di un'ora dopo, ho perso un po' di tempo a ripulirmi, ma non volevo scioccare Isabella.

Per quanto si mostri forte come una tigre, so che sotto quella scorza dura, c'è una dolcissima bambolina.

L'appartamento è silenzioso, ma le luci del salotto sono accese.

«Isa?» chiamo.

Nessuna risposta.

Controllo il telefono e secondo il *report* dei miei uomini è tornata a casa nel pomeriggio e non è più uscita, né ha ricevuto visite.

Forse, si è addormentata o, più probabile, si è sistemata sulla poltrona della camera da letto a guardare le sue amate serie Netflix.

Salgo in fretta le scale, pronto a svegliarla per farle vedere l'effetto che ha avuto su di me il video che mi ha mandato e quando apro la porta della nostra camera, resto spiazzato e senza parole.

Per un attimo, non faccio altro che fissarla.

Ha gli occhi chiusi e non si accorge di me, mentre è distesa sul nostro letto con le gambe spalancate e due dita affondate nella fica, con l'altra mano si massaggia un seno, tirando il capezzolo. *È bellissima. È mia.*

«Ciao bambolina» la saluto ammiccante, tenendo il tono della voce più basso possibile.

Lei si immobilizza e apre gli occhi di scatto, incontrando il mio sguardo. Arrossisce all'istante e a me sembra più bella che mai.

«Frank» scatta a sedere afferrando il lenzuolo per coprirsi.

Ha le dita lucide dei suoi umori, le pupille leggermente dilatate e ansima piano.

L'erezione quasi mi esplode nei pantaloni.

«Cosa facevi?» domando, avvicinandomi lento al letto e sorridendole sornione.

«T-ti aspettavo» mi risponde abbassando gli occhi, mentre il rossore sulle guance si intensifica e si estende fino al collo.

«Ti avevo detto di conservare le energie, sbaglio?» la incalzo, perché la verità è che sono uno stronzo e mi eccita vederla in difficoltà mentre la metto all'angolo.

Schiude le labbra, pronta a replicare, ma sembra ripensarci e la richiude senza dire nulla. *Quanto vorrei sapere cosa passa in quella meravigliosa testolina.*

«Ma non lasciare che ti disturbi. Continua pure, bambolina»

I suoi occhi scattano di nuovo verso i miei.

«Come, scusa?» domanda come se non avesse capito bene ciò che l'ho invitata a fare.

«Continua dal punto in cui ti sei interrotta» ribadisco,

liberandomi della giacca e posandola sulla spalliera della poltrona.

Non distolgo mai lo sguardo dai suoi occhi un po' scioccati, un po' ancora annebbiati dall'eccitazione. Slaccio i polsini della camicia nera che indosso e li arrotolo fino ai gomiti, prima di sedermi in poltrona, liberandomi di scarpe e calzini, e prepararmi allo spettacolo.

I suoi occhi guizzano per un attimo sui tatuaggi che adornano i miei avambracci e la vedo deglutire quando posa lo sguardo sui muscoli che le mostro.

«Bambolina. Mettiti giù, spalanca quelle gambe meravigliose e infilati due dita nella fica» quasi glielo ordino e vedo la sua riluttanza nell'obbedirmi. *Non cambia mai, la mia dolce bambolina.*

Eppure, mi stupisce ogni singola volta.

Dopo qualche attimo di esitazione, si mette comoda tra i cuscini, toglie di mezzo il lenzuolo e allarga le gambe, prima di fare esattamente ciò che le ho detto.

Irrigidisco ogni muscolo del mio corpo per tenere a bada l'istinto che mi suggerisce di saltarle addosso subito e di scoparmela senza ulteriori indugi. Serro le mani sui braccioli, e faccio del mio meglio per mantenere un'espressione neutra sul viso. Mi sta uccidendo, ma non posso farle capire quanto.

«Ti piace quello che vedi, Frank?» ansima, continuando a muovere le dita. *La mia tigre vuole giocare.*

«Niente che non abbia già visto almeno un milione di volte» replico quasi annoiato.

Sono uno stronzo, lo so, ma ho bisogno di una sua reazione. La cerco come un tossicodipendente cercherebbe la dose successiva.

Con lei, mi sento vulnerabile come mai mi è successo

nella vita e anche un cieco vedrebbe quanto mi coinvolge, ma lei sembra sempre così irraggiungibile, così distaccata da tutto, compreso dal sottoscritto e questo fa tremare le mie certezze, e non posso proprio permettermelo.

«Sei proprio uno stronzo» replica con uno sguardo ardente di rabbia, e a quel punto non riesco a reprimere un sorrisetto di soddisfazione. *Forse, dopotutto, su questa barca siamo davvero in due.*

«Fortuna che posso provvedere da sola ai miei bisogni» continua Isa, aumentando il ritmo delle dita, mentre il suo respiro accelera e contrae i muscoli delle gambe. *Cazzo, è vicina.*

Balzo in piedi e in un unico movimento, mi tolgo pantaloni e boxer e subito dopo le sono addosso, le tiro via le dita umide dalla fica pronta a venire e me le infilo in bocca per assaporarla. *Divina, fottutamente divina.*

Asciugo ogni centimetro, gustandomi ogni goccia dei suoi umori mentre con l'altra mano mi accarezzo l'erezione d'acciaio.

Il suo sguardo eccitato vaga sul mio corpo, sul mio viso, e si aggrappa alla mia camicia, la strattona e capisco cosa vuole. La strappo via facendo volare i bottoni da tutte le parti e resto completamente nudo, proprio come lei.

La guardo negli occhi e senza mai smettere, affondo in quel paradiso di piacere e sensualità che nasconde tra le gambe.

Comincio a penetrarla e trovo la mia pace. Mentre io la riempio con il cazzo, lei riempie la mia mente di calma e follia.

Mi sorride e quasi perdo la testa, continuo il mio implacabile assalto, lento e deciso, dentro e fuori, esco quasi del tutto prima di sprofondare fino alle palle tra le sue pieghe. La sento serrarsi intorno alla mia erezione e capisco che è vicinissima.

«Guardami, Isa, non nasconderti da me» le dico, e non so più se glielo sto ordinando o se la sto supplicando.

«E tu dammi tutto, Frank, non trattenerti» mi risponde e la testa la perdo davvero.

Raggiungo un ritmo forsennato che spinge lei oltre il limite e fa vedere le stelle anche a me, finché tutto diventa limpido.

Godo come mai ho goduto nella vita, mi libero dentro di lei e, per un attimo, mi sento un uomo libero, completo, a cui non manca niente, perché può avere una vita fatta di questo.

E poi, capisco. Una consapevolezza che mi colpisce in pieno, cento volte peggio di una palla da demolizione.

Cazzo. Sono proprio fottuto, perché mentre pensavo a fottere lei, mi sono fottuto con le mie mani e ora non riesco a fare a meno del suo sorriso, del suo sguardo malizioso, del suo profumo inebriante, delle sue battute al vetriolo e della sua lingua biforcuta.

CAPITOLO VENTICINQUE

ISABELLA

Mi sveglio percependo le dita forti di Frank accarezzarmi con delicatezza la schiena e quando arrivano alla curva del sedere, il mio corpo si risveglia e la mia pelle si copre di brividi. Il suo tocco mi infiamma, nonostante ogni muscolo del mio corpo sia intorpidito per tutta l'attività con cui ci siamo dati da fare durante la notte.

Ho perso il conto dopo la sesta volta, ma è stato meraviglioso. È come se non ne avessimo mai abbastanza l'uno dell'altra, come se i nostri corpi e le nostre anime si riconoscessero e si alimentassero a vicenda.

Frank ha leccato, mordicchiato, succhiato e venerato

ogni centimetro del mio corpo marchiandomi e reclamandomi ancora una volta come sua, e io ho fatto lo stesso con quel suo meraviglioso corpo, che è un concentrato di forza e disciplina, un corpo che farebbe venire voglia di commettere ogni sorta di peccato anche a una suora.

Quando il mio corpo rabbrividisce di piacere ancora una volta, lo sento spostarsi piano verso di me.

«Buongiorno, bambolina» mi sussurra all'orecchio e il mio sangue comincia a scorrere più veloce. *Dio, gli sono bastate due parole per eccitarmi. Quel nomignolo che ho sempre trovato fastidioso, quando è diventato un'arma di seduzione? E lui quando smetterà di farmi quest'effetto?*

Una parte di me spera che non accada mai.

Rotolo su un fianco fino a scontrarmi con il suo sguardo, di solito un oceano ghiacciato, ma stamattina è lava bollente, una distesa azzurra piena di così tante emozioni che non riesco a identificare, ma che percepisco dentro di me come un'esplosione.

«Buongiorno, *marito*» sorrido alla sua espressione compiaciuta quando lo chiamo in questo modo. Gli sfioro una guancia con le dita, e una scarica elettrica mi risale lungo il braccio.

«Vogliamo riprendere da dove abbiamo lasciato ieri?» mi domanda con un sorriso soddisfatto, e mentirei se dicessi che non ne ho voglia. Perché, in tutta onestà, nonostante i muscoli intorpiditi, ricomincerei subito. *Sono diventata una cazzo di ninfomane. Solo per lui, però,* precisa una vocina dentro la mia testa che vorrei tacesse una volta per tutte.

Sospiro a fondo cercando di recuperare un contegno.

«Proporrei prima di mettere qualcosa nello stomaco o potrei perdere i sensi per la fame» cerco di scherzare, ma sento comunque il rossore salirmi alle guance, mentre mi accoccolo nella curva del suo collo. Lo annuso, in modo nemmeno troppo discreto, perché il suo odore è talmente buono che mi dà alla testa.

«Io saprei molto bene cosa vorrei *divorare* per colazione e sono certo che potrei trovare qualcosa con cui placare anche la tua fame» dice serio, arretrando un po' per incontrare i miei occhi, mentre i suoi si scuriscono e nella mia mente vedo con esattezza tutte le immagini che mi sta suggerendo in silenzio, e in quel momento un calore liquido si raccoglie tra le mie gambe.

Sono pronta a saltargli di nuovo addosso, prima che riprenda a parlare, lasciandomi sbalordita e senza parole.

«Ma prima, però, vorrei sapessi che ho sistemato alcune cose» la sua mano risale fino ad accarezzarmi la guancia, mi sta mostrando una dolcezza tutta nuova che cerca di sciogliere tutte le difese residue che mi restano. *Sono proprio nei guai.*

Gli rivolgo uno sguardo interrogativo a cui non ho bisogno di dar voce e lui prosegue.

«Mi sono permesso di contattare l'università parigina a cui è interessata Mariella, e si sono espressi in maniera favorevole all'ammissione di tua sorella. Devo dire che mi sono sembrati davvero entusiasti di averla tra i loro studenti.»

Sono sconvolta e senza parole. Frank ha contattato una delle università più prestigiose di Parigi, e di tutta Europa, e loro non vedono l'ora di avere mia sorella tra i loro iscritti? Com'è possibile? La procedura di selezione è molto difficile, ha tempistiche rigide che non ammette eccezioni.

Stringo gli occhi e lo guardo con sospetto.

«Cos'hai fatto, Frank?» domando, perché *so* che non ha

alzato il telefono e chiesto semplici informazioni.

«Diciamo solo che ho apprezzato molto i loro piani di studio e i programmi di accoglienza per gli studenti fuori sede, e mi è sembrato adeguato fare loro una *donazione*» confessa e non riesco a credere alle mie orecchie. A quanto in là si stia spingendo quest'uomo.

Per me, per realizzare le mie richieste.

Per rendermi felice.

«Sei sicuro che questo non ti metterà in difficoltà con l'organizzazione e con il Tesoriere?» gli chiedo per essere sicura che non abbia davvero fatto *troppo*.

«Tranquilla, *bambolina*. Non c'è niente di cui preoccuparsi, non ho toccato i fondi dell'organizzazione.»

«Come, scusa?» Non credo di aver capito bene.

«Lo *Stark* mi permette di guadagnare abbastanza da potermela cavare con una donazione universitaria. In più, posso scaricarla dalle tasse» sorride sornione, cercando di liquidare la questione come fosse un nonnulla, ma ciò che ha detto è enorme.

Non ha toccato i soldi dell'organizzazione, ma ha usato soldi *suoi* per rendere possibile il sogno di *mia* sorella. Ha regalato dei soldi che ha guadagnato con la sua attività per realizzare ciò che *io* gli ho chiesto di fare.

Sento le lacrime pungermi gli occhi e il cuore gonfiarsi di qualcosa a cui non voglio dare un nome.

La verità è che sto cedendo a tutto ciò che provo per quest'uomo, sentimenti che non riesco più a sopprimere, a tenere chiusi in un angolo del mio cuore, perché lo stanno invadendo senza pietà. Ho una paura fottuta, ma mi sto innamorando di *lui*, del modo in cui mi tocca e mi guarda, del modo in cui mi fa sentire.

Non ci posso pensare, non ci *devo* pensare, e di certo non posso aprirmi con lui riguardo ai sentimenti

IL RE DI SAN FRANCISCO

che provo. *Non sono i sentimenti ad alimentare questo matrimonio*, un concetto che non devo dimenticare mai.

Lui ha accettato questo matrimonio perché obbligato dal ruolo che ricopre, io per salvare mia sorella da una sofferenza costante e insopportabile.

Il sesso meraviglioso tra noi non è altro che il frutto del divieto di cercare sfogo altrove che gli ho imposto io stessa. È semplice piacere carnale, non ha alcuna implicazione sentimentale.

Chiudo per un momento gli occhi per aggrapparmi con tutte le mie forze alle ultime barriere difensive che mi rimangono, sospiro a fondo e cerco di scacciare via tutto il sentimentalismo che mi ha pervasa.

Quando ci sono riuscita, riapro gli occhi lentamente e lo trovo intento a scrutarmi con attenzione, anche il suo sguardo si raffredda, come se avesse percepito con chiarezza il terremoto che mi si è scatenato dentro e la conclusione a cui sono arrivata.

«Grazie, Frank. Non sai quanto questo signifchi per me, e non potrò mai ringraziarti a sufficienza, né ripagarti per tutto questo.» Le mie parole suonano fredde alle mie stesse orecchie, e mi pento subito di aver usato un tono così distaccato.

«Non c'è bisogno che mi ripaghi di nulla. Ora, scusami, ma devo proprio andare.»

In un attimo, si allontana da me e scende dal letto per dirigersi in bagno. La temperatura nella stanza è calata in modo drastico e avverto la sua assenza come se mi mancasse l'aria nei polmoni. *Cosa diavolo è appena successo?*

Trascorro le due ore successive a trascinarmi dal salotto alla cucina, in una nebbia confusa, chiedendomi cosa sia cambiato in un attimo. Siamo passati dal farci le coccole abbracciati sotto le coperte, flirtando e pregustando il sesso in arrivo al rivolgerci a malapena la parola.

Dopo la doccia, Frank è uscito dal bagno guardando ovunque tranne che nella mia direzione e si è preparato in un lampo, è uscito di casa borbottando un saluto frettoloso, non mi ha rivolto nemmeno uno sguardo e ha ignorato la tazza di caffè che avevo appena preparato. Forte e nero, proprio come piace a lui.

Il telefono che squilla mi strappa alle mie riflessioni e un angolo del mio cuore spera sia Frank, che chiama per scusarsi, per dirmi che gli manco, che gli dispiace essere uscito in quel modo.

È Mariella, però, e mi sento una stronza totale per la fitta di disappunto che provo.

Rispondo al terzo squillo.

«Ciao sorellona, come va?» mi saluta allegra. *Beata lei.*

«Tutto bene, sorellina. In realtà, avrei voluto chiamarti prima, ma mi hai battuta sul tempo e ho grandi notizie per te» faccio una pausa drammatica per aumentare la suspense prima di concludere solenne: «Spero tu sia pronta a portare il culo a Parigi, perché è lì che studierai per i prossimi anni.»

La fine della mia frase a effetto è coperta da uno strillo così acuto che temo mi abbia perforato un timpano.

«*OH, MIO DIO!* Isa, ti prego, dimmi che non è uno scherzo, che non sto sognando, che non sono morta, che non sono in Paradiso, che—»

«Niente di tutto questo, sorellina. È tutto vero, sta per succedere, il tuo sogno sta per diventare realtà» la interrompo ridacchiando della sua genuina euforia che mi riempie il cuore.

«Ma come? Com'è possibile? Cos'è successo?» spara a

raffica domande per le quali non ho risposte precise e dettagliate, ma cosa è successo lo so bene.

«È successo Frank» le dico, e sono fin troppo consapevole della nota di tristezza evidente nella mia voce.

«Oh, Isa. Che succede? E non provare nemmeno a rifilarmi stronzate, sii sincera con me.»

Com'è ovvio, mia sorella ha capito al volo che qualcosa non va. Di solito, non le scaricherei addosso i miei problemi, ma stavolta ho proprio bisogno di confidarmi con qualcuno.

«In tutta onestà, non lo so con esattezza, Mari. Sento delle *cose* per Frank: mi fa stare bene, mi fa sorridere. Forse è solo attrazione fisica, ma negli ultimi tempi, mi sembra di più, e questo mi terrorizza. Sono sicura che lui non provi quel tipo di sentimenti per me. Certo, sta bene insieme a me e ti confesso che il sesso è strepitoso, ma è solo questo. Sesso senza amore» tiro fuori tutto d'un fiato e solo alla fine mi rendo conto che sto piangendo.

«Isa, tesoro, vuoi che venga da te?» mi domanda con dolcezza.

«No, Mari, sto bene. Adesso mi passa, devo solo mettermi il cuore in pace.»

«So che forse non è ciò che vuoi sentirti dire, ma sei sicura che lui non provi niente per te? Voglio dire, ne sei proprio certa? Perché al matrimonio mi sembrava molto preso e mi sembra di capire che da allora, le cose tra di voi hanno preso una piega *mooolto* positiva» conclude ammiccante, mia sorella riesce sempre a strapparmi un sorriso, anche mentre le lacrime mi bagnano le guance.

«Mari, quanto vorrei avere la tua innocenza e il tuo romanticismo, ma stiamo parlando di Frank Mancuso. Il Boss della mafia di San Francisco, che fa tremare le ginocchia solo con uno sguardo. Non è di certo il tipo d'uomo che si lascia andare alle emozioni; d'altronde, in questo mondo del cazzo a cui apparteniamo, l'affetto è considerato una debolezza. E Frank non può essere debole.»

«Mi dispiace tanto, Isa, vorrei stringerti forte. So che io e te abbiamo due caratteri diversi, ma se fossi in te, farei almeno un tentativo: prima di rinchiudere i tuoi sentimenti in cassaforte, sii certa di cosa pensa lui. Potrebbe avere le tue stesse insicurezze, senza sapere come gestire il suo cuore gelido che torna a battere.»

Innocenza e romanticismo, appunto.

«Ti prego, non essere dispiaciuta per me, e non parliamone più. Concentriamoci sulle cose belle: la tua festa che si avvicina, e Parigi» cambio argomento prima che la negatività butti definitivamente il mio morale a terra.

CAPITOLO VENTISEI

FRANK

La furia mi scorre ancora veloce nelle vene. Non importa quanto cerchi di concentrarmi sul mio cazzo di lavoro, i suoi occhi sono impressi a fuoco nella mia mente.

Sono in ufficio da ore a ricontrollare i registri contabili e a leggere le relazioni di andamento delle altre attività, ma la mia testa è altrove.

Non posso fare a meno di ripensare al modo in cui i suoi occhi mi hanno parlato, dicendomi tutte le cose importanti. Poi, chissà cosa cazzo le è passato per la testa e quando è tornata a guardarmi, sembrava una cazzo di bambola: all'apparenza perfetta, ma finta.

E io non la voglio, così. Voglio la mia bambolina con gli artigli. Voglio la donna che non si tira indietro mai, che mi sfida e travolge ogni cazzo di cosa.

Stamattina, ho dovuto farmi una doccia ghiacciata per placare la rabbia rovente che avevo addosso, e non ci sono riuscito del tutto.

Farei qualsiasi cosa, pagherei qualsiasi prezzo per sapere cosa prova. Per capire se questo matrimonio per lei è ancora soltanto un obbligo, perché, che Dio mi aiuti, per me sta diventando altro. *Molto di più.*

Ed è una consapevolezza che mi atterrisce. Mi rende impotente, ed è proprio questo che fanno i sentimenti: ci rendono vulnerabili, e chi è vulnerabile, nel mio mondo, è destinato a soccombere. Non posso permettermi di cedere ai sentimenti. Semplicemente, non posso permettermelo. Me l'ha insegnato mio padre.

«Figliolo» mi chiama mio padre appena entro a casa dopo la scuola.

«Sì, papà?» rispondo dirigendomi in salotto dove lo trovo seduto sulla sua poltrona preferita, con una guardia del corpo a sorvegliare la finestra e l'altra proprio alle sue spalle.

«Vieni qui, Frank» fa cenno alla poltrona accanto alla sua.

Quando mi siedo, incontro i suoi occhi e capisco che è il momento di una nuova lezione.

«Oggi vorrei parlare con te di sentimenti e relazioni» inizia, ma non capisco bene cosa intenda. Deve leggere la confusione sul mio viso, perché sorride comprensivo.

«Non so cosa intendi, papà» chiarisco.

«Lo so, figliolo, ma hai dodici anni e tra qualche tempo, capirai meglio» spiega, o almeno crede di farlo. «Le tue relazioni, al momento, comprendono me, tua madre e Alex, giusto?»

Confermo con un cenno del capo.

«Bene, prima o poi arriverà una ragazzetta che ti piacerà e man mano che crescerai ce ne saranno altre. Quando sarai

IL RE DI SAN FRANCISCO

un Uomo d'Onore, poi, attirerai donne vere» spiega ancora, e stavolta seguo il suo ragionamento senza difficoltà. «Ma non devi mai scordare che le emozioni ci rendono deboli, i legami ci rendono distratti e sciatti nel nostro lavoro» continua e il suo tono si fa più duro.

Stringo gli occhi e osservo la sua mandibola serrarsi. Sembra arrabbiato, ma non so perché.

«Ti ho mai raccontato la storia della mia famiglia?» domanda, mentre il suo sguardo si perde fuori dalla finestra.

«So che non vuoi parlarne mai» rispondo vago, mentre la scintilla della curiosità si accende per questo argomento sempre intoccabile in casa nostra.

«È vero, sono passati anni, ma è ancora una ferita che non rimargina, e non lo farà mai. Sarà sempre un monito per me» sentenzia duro. «Un anno dopo la mia nascita, i miei genitori hanno avuto una splendida bambina, Lucia, la mia adorata sorella» racconta e noto i suoi occhi farsi lucidi. Si schiarisce la gola e prosegue, di nuovo imperturbabile. «Secondo la tradizione, Lucia sarebbe stata promessa in sposa a sedici anni e poi sarebbe convolata a nozze a diciotto, ma quando fu promessa, Lucia era già innamorata... di un altro uomo, della sua guardia del corpo» rivela una parte della storia di cui non ho mai saputo nulla. «La sera in cui compì diciotto anni, Lucia fuggì con lui e, a quel punto, non avrebbe più potuto sposarsi come convenuto e avrebbe dovuto essere ripudiata, cosa che i miei genitori non avrebbero mai fatto» sospira, prima che il suo sguardo incontri il mio per un momento. «Ecco perché, su richiesta di mia madre, per la quale avrebbe fatto di tutto, mio padre portò avanti delle ricerche blande, lasciandola a tutti gli effetti libera di rifarsi una vita lontana dall'organizzazione.»

«Non mi sembra una brutta storia, o sì?» domando un po' incerto.

175

Lui sbuffa e alza per un breve istante gli occhi al cielo. «Lo sarebbe stata se mia sorella avesse davvero avuto la possibilità di vivere felice insieme all'uomo che amava, ma i tempi erano diversi allora e le organizzazioni si facevano la guerra in ogni modo, anche quello più codardo» fa una pausa, forse per riprendere fiato. Gli sta costando un discreto sforzo raccontarmi tutto questo. «Tre settimane dopo la sua fuga, mia sorella e il suo amante furono trucidati come cani in un motel alla periferia di San Jose. Sui corpi, la chiara firma della mafia cinese. Mia madre non ha gestito bene il senso di colpa e con il passare dei mesi è diventata sempre più assente, finché...» si ferma ancora, e io non dico nulla.

Conosco il finale della storia, non nei dettagli, ma so che mia nonna ha messo fine alla sua vita nella vasca da bagno della loro casa.

Vedo mio padre prendere un grosso respiro, prima di incontrare il mio sguardo.

«Questa storia ci insegna che mia sorella è morta per un amore senza speranza e mia madre ha scelto il suicidio perché l'amore l'ha resa debole e il senso di colpa l'ha soffocata. Tutti sentimenti che uomini come noi non possono permettersi, perché i sentimenti ci rendono deboli, ci rendono bersagli facili per i nostri nemici. Mantieni sempre alta la guardia, hai capito, figliolo?»

Resto zitto davanti al rammarico evidente nel suo sguardo, ma lui non si accontenta.

«Hai capito, figliolo?» insiste.

«Sì, papà, ho capito. I sentimenti ci rendono deboli» affermo e vedo la sua inquietudine placarsi almeno un po'.

A distogliermi da ricordi ormai lontani, ci pensa lo squillo del telefono fisso, la mia linea sicura, immune a qualsiasi tipo di intercettazione. Dev'essere qualcosa di serio.

Lo afferro e rispondo senza nemmeno controllare il numero del chiamante, ancora un po' scosso dal ricordo di mio padre.

«Mancuso»

«Amico, sono Leo. Come va?» replica la voce allegra di Leonardo.

«Al solito, Leo. Casini su casini a lavoro, ma tutto sommato non mi lamento» rispondo senza sbottonarmi troppo.

«Immagino. Con quel bel bocconcino formoso che ti attende a casa, le cose non devono andare troppo male, no? L'hai già sbattuta su ogni superficie di casa tua?» ridacchia, ma io mi irrigidisco.

«Leo...» lo ammonisco serio e la sua risatina si interrompe di colpo.

«Oh! Oooh! Oh, caaazzo»

«Hai visto la Luce?» lo sfotto.

«Mi sa che quel burbero eremita aveva ragione» riflette tra sé.

«Posso presumere che tu stia parlando di Romeo?» e stavolta una risatina sfugge a me, perché in qualche modo contorto, il paragone regge.

«Già. Quel figlio di puttana ha detto che ci tieni, che ci tieni davvero alla tua mogliettina, ma non gli ho creduto affatto. Almeno, finora. Porca puttana, amico. Io non credevo che le cose stessero in questo modo, scusami. Non avrei mai dovuto parlare di lei in quel modo.»

Per la miseria! Questo sfacciato playboy che non saprebbe tenerlo nelle mutande nemmeno se da questo dipendesse la sua cazzo di vita, mi ha appena chiesto scusa in modo serio e quasi solenne, da vera persona adulta. Non posso negarlo: sono davvero colpito.

«Amico, va tutto bene. Accetto le tue scuse e non

facciamone un dramma. In realtà, nemmeno io mi aspettavo di trovarmi così coinvolto» lo rassicuro.

«Lo immagino, dannazione. Senti, visto che io sono immune a queste cose sentimentali, posso chiederti se quando ci tieni...» si schiarisce la gola come se fosse difficile anche solo pronunciare le prossime parole. «Beh, ti scopi una sola donna? Cioè, voglio dire, tutti i giorni sempre la stessa? Sempre, senza eccezioni?»

Avete presente le riflessioni sulla persona adulta? *Cancellate tutto.*

«Vaffanculo, fratello. C'è un motivo per cui mi hai chiamato sulla linea sicura o sentivi semplicemente la mancanza della mia voce?» lo incalzo per sviare la sua attenzione dalla mia rosea vita sessuale.

Gli scappa una risata di gola, ma si ricompone subito.

«Purtroppo mi tocca tornare serio, amico mio. Questa notte, i miei uomini intercettato sull'interstatale un camion sospetto con la targa rubata. L'hanno fermato e trovato pieno di armi automatiche con almeno una mezza dozzina di uomini a fare la guardia. Ne sono sopravvissuti un paio e li stiamo torchiando. Mi sto già coordinando con Romy per verificare l'accuratezza delle informazioni che gli stiamo prelevando. Per il momento, sembra verosimile che la loro destinazione finale fosse San Francisco» conclude.

«Porca puttana» esclamo.

Un carico del genere sul mio territorio può essere un grosso problema. La tregua tra le organizzazioni criminali della città è solida e non abbiamo avuto il minimo sentore di crisi. *Quindi, chi cazzo potrebbe essere il destinatario?*

«Avevano segni particolari? Tatuaggi, piercing, giubbotti di pelle?» domando mentre un sospetto si fa largo nella mia mente.

«Niente di niente. Erano talmente puliti da non avere addosso nemmeno i documenti. Dalle scarne informazioni che stiamo acquisendo sembrerebbero mercenari assoldati per quell'unico scopo» replica Leo, che, però, deve aver intuito il flusso dei miei pensieri. «Stai pensando ai *Ghosts*? Ma perché non mettere gli uomini del Chapter a guardia del trasporto? Cinque uomini e l'autista per un carico così importante è un azzardo.»

«Forse per non essere collegabili alla cosa nel caso avessero beccato il carico. Come, in effetti, è successo» replico, mentre i miei pensieri continuano a correre.

Che diavolo dovrebbero farci con un camion di armi automatiche? Si stanno preparando a una guerra? Ma con chi? Hanno trovato nuovi alleati di cui non sono a conoscenza?

Questi stronzi stanno diventando un bel problema, uno che ho intenzione di gestire e risolvere il prima possibile, e in modo definitivo.

«Sento le rotelle del tuo cervello fin qui, amico. Cosa pensi?»

«Penso che si stiano preparando a una guerra. È evidente che siano così stupidi da pensare di poter guadagnare terreno sul mio territorio. Beh, non hanno capito un cazzo. E glielo dimostrerò con piacere.»

«Di qualsiasi cosa si tratti, sappi che Los Angeles è con te. Fammi un fischio e arriviamo, e sono certo che la stessa cosa valga per Romeo» mi dice, ormai in modalità affari.

«Grazie, amico. Qualsiasi cosa scopriate tu e Romeo, tenetemi aggiornato, per favore.»

Ci salutiamo e torno a riflettere sulla situazione che si sta delineando.

È imperativo che io resti concentrato sulla questione *Ghosts*, almeno finché non li avrò cancellati dalla faccia della Terra dal primo all'ultimo.

È ora di preparare il nostro piano d'azione e di far capire a quei quattro sprovveduti chi cazzo è il Re di questa città.

CAPITOLO
VENTISETTE

ISABELLA

Questa sera, il club si è trasformato in un castello elegante e sfarzoso e non potrei essere più soddisfatta del risultato, sono sicura che Mariella ne resterà stupita.

Ho deciso di indossare un abito lungo dallo spacco profondo, uno dei preferiti di Frank: mi sembrava giusto per ringraziarlo di questa magnifica festa che mi ha permesso di organizzare nel suo club esclusivo.

Non sono così ingenua da non sapere che tipo di locale sia, ma stasera le cameriere vestono divise sobrie ed eleganti, senza scollature provocanti o mercanzie esposte.

D'altronde, ci saranno tutte le famiglie più influenti

dell'organizzazione, alcune anche parecchio rigide.

È la festa per il diciottesimo anno di Mariella, ma è anche un'occasione per valutare Frank e il nostro matrimonio. Sono trascorsi poco meno di due mesi, mesi incredibili, che non avrei mai potuto indovinare sarebbero stati così.

Ho incrociato per un attimo la signora Mancuso, ma oltre a chiedermi se sono già incinta, non ha perso tempo a intavolare una conversazione, preferendo dedicarsi agli ospiti. *Meglio per me.*

D'altra parte, io sono riuscita a sfoderare una diplomazia niente male, tenendo a bada smorfie e frecciatine. Complice, forse, anche la richiesta della mamma di comportarmi bene. Quella che la mamma ancora non sa è che nelle ultime settimane le cose tra me e Frank sono cambiate, in maniera radicale.

È anche vero che dalla mattina della doccia, ormai una settimana fa, abbiamo subìto una battuta d'arresto. Ho la sensazione che mi stia evitando, esce sempre presto al mattino e rientra a casa che spesso già dormo.

Non so cosa sia successo ed escludo che sia rimasto deluso dalla mia reazione un po' fredda.

E se mi sbagliassi? domanda una maledetta vocina nella mia testa che continua a farmi mettere in discussione tutte le convinzioni che ho riguardo a questo matrimonio.

Purtroppo, siamo entrambi testardi e orgogliosi e non ho idea di chi cederà per primo.

Vorrei poter essere sicura di non essere io, ma la verità è che ormai quando condividiamo uno spazio, io e Frank gravitiamo uno intorno all'altra, è come se percepissimo la presenza dell'altro e i nostri corpi si cercassero in maniera automatica.

Sono anche consapevole del comportamento austero e controllato che deve mantenere in pubblico, ma se prima mi aspettavo e quasi trovavo conforto in quella freddezza, ora quasi la temo, perché vorrei riuscire a provocargli la stessa reazione che provoca lui a me.

E di certo, non si tratta di freddezza.

«Eccoti, tesoro» esclama mia madre arrivandomi alle spalle.

Mi volto e sono contenta di vederle un sorriso sincero sul viso.

«Ciao, mamma. Che te ne pare?» le domando, senza riuscire a nascondere una nota d'orgoglio nella mia voce.

È vero che, in pratica, non ho mosso un dito e si è occupata di tutto una professionista del settore, ma l'idea della festa e dei colori dell'allestimento è tutta mia.

Nero e oro.

Eleganza e potere, ha commentato la event planner assunta per l'occasione quando mi ha spiegato il significato di ogni colore.

In realtà, per me, l'oro rappresenta la luce solare: calda, forte, sempre in movimento. Una sintesi perfetta della mia sorellina che sta diventando una donna magnifica.

«Tesoro, trovo che sia tutto meraviglioso. Ma quando Mariella mi ha detto che te ne saresti occupata tu, non ho avuto il minimo dubbio sul risultato.» Mi stringe in un abbraccio veloce, senza indugiare troppo per non dare materiale alle malelingue. «Tua sorella mi ha detto di Parigi. Da quando gliel'hai detto, è irrequieta e non parla d'altro. Guarda di continuo filmati su Parigi, sulla sua storia e su tutti i luoghi da visitare» ridacchia, ma noto la ruga di preoccupazione che le si forma in mezzo agli occhi.

«Sei davvero contenta che vada a studiare in Europa?»

Incrocia il mio sguardo e capisce che non può mentirmi, perché conosco ogni sua espressione, ogni intonazione della sua voce.

Quindi, sospira e opta per la verità.

«Oh, Isa, certo che sono contenta. So che è il suo sogno fin da bambina, e non avevo dubbi che avresti trovato il modo di realizzarlo. Ma sono anche consapevole che tua sorella sia molto diversa da te. È cresciuta coccolata da tutti, quasi sotto una campana di cristallo» si guarda intorno, cercando di non far capire a chi ci osserva quanto sia profonda questa conversazione e poi prosegue. «Tu hai dovuto lottare per guadagnarti ogni singola uscita, ogni singola gita con gli amici. Lei no. E ora, il pensiero che sarà a migliaia di chilometri di distanza con un oceano di mezzo, non mi fa stare affatto tranquilla. È un pesciolino rosso in mezzo a un mare di squali, te ne rendi conto?» mi domanda, e mi spiazza.

In effetti, sarà la prima volta di mia sorella da sola in un Paese straniero. E non sarà dietro l'angolo, ma in Europa. Dove lei non conosce nessuno e nessuno conosce lei. Dove nessuno teme l'ira di Carmine Rizzo se dovessero toccare la sua dolce bambina.

Merda.

«Io... io non so che dire» farfuglio, ma mia madre non mi lascia il tempo di proseguire.

«Tesoro, non è il momento né il luogo adatto per parlarne. Guardati intorno, sono tutti in attesa di cogliere qualche momento di tensione per fare del gossip. Godiamoci la serata, divertiamoci e facciamo in modo che sia indimenticabile per tua sorella. Troveremo un'occasione migliore per parlarne» conclude, lasciandomi un veloce bacio sulla guancia e allontanandosi per salutare altri ospiti.

Mi guardo intorno e mi accorgo che la sala si sta riempiendo in fretta, ma di Frank ancora nessuna traccia.

Individuo prima Mariella, bellissima nel suo abito rosso, che fa risaltare il biondo quasi bianco dei suoi capelli e la pelle diafana.

Sarò di parte, ma mia sorella è uno schianto e stasera sfodera un sorriso smagliante, che mi riempie di gioia e non dubito che farà girare la testa a tutti gli uomini presenti. *Basta che le stia lontano chi dico io.*

Dall'altra parte della sala, intravedo l'oggetto dei miei pensieri: Alex, sguardo serio sul viso e un'espressione così cupa che sembra avvolto da una nuvola nera di rabbia.

Non so come faccia quel tipo a piacere a mia sorella, io lo trovo aggressivo e inquietante.

Ha un fisico notevole, questo è innegabile, ma sembra sempre così minaccioso e sul punto di scattare in modo violento che quando gli sono vicina più che ammaliata, mi sento pronta a correre a gambe levate.

Possibile che gli "uomini di carta" di cui mia sorella legge in continuazione le abbiano fatto venire strane idee? O almeno, idee diametralmente opposte a ciò che dovrebbe davvero vedere in lui?

«Devo preoccuparmi?» domanda una voce profonda alle mie spalle, ma non sussulto, perché *lui* non mi spaventa mai, anzi. Mi fa sentire sempre protetta. E forse dovrebbe essere questo a terrorizzarmi.

Guardo Frank da sopra la spalla e la sua avvenenza mi colpisce ancora una volta. Con il completo *total black* su misura che aderisce alla perfezione a ogni curva del suo corpo e fa risaltare il colore dei suoi occhi in modo incredibile è un dispensatore di orgasmi ambulante che mi fa tremare le ginocchia.

Non cedere, mi dico. Non sarò io a cedere per prima,

nonostante il solo guardarlo mi faccia venire l'acquolina in bocca per il senso di anticipazione che provo.

Mi rendo conto che mi ha fatto una domanda, di cui però non ho afferrato il senso.

«Di cosa?» replico, voltandomi con disinvoltura per cercare di non fargli capire che effetto ha su di me.

«Stavi mangiando Alex con gli occhi» dice, con tono indifferente e non elabora oltre. Senza il minimo dubbio nella voce. Non crederà sul serio che stessi sbavando per il suo amico? Impossibile.

«No, mi chiedevo solo cosa ci trovasse mia sorella in un tipo così spaventoso. E poi, dovresti saperlo, *io* non mangio nessuno con gli occhi» mento, mentre il mio sguardo vaga sul suo corpo e lui si avvicina.

C'è una distanza esigua tra i nostri corpi e sì, in questo momento sto proprio mangiando mio marito con gli occhi. *Ma è un mio diritto, no?*

Lui non stacca gli occhi dal mio viso, ma gli spunta un sorrisino malizioso.

«Bugiarda» mi soffia sulla bocca chinandosi di qualche centimetro.

E io potrei sciogliermi sul pavimento e morire proprio qui, così. Occhi negli occhi con l'uomo più affascinante che abbia mai conosciuto. Con il suo petto che mi sfiora il seno e il suo respiro che mi accarezza il collo. Sono certa che se mi toccasse ora, mi troverebbe pronta ed eccitata. *Sono un caso disperato.*

«Balli con me?» domanda, ma non riesco a interpretare il suo tono.

Vorrei capire se ha davvero voglia di farlo o se è soltanto un modo di marcare il territorio, ma non mi concedo il tempo di rimuginare, perché ho troppa voglia di stringerlo a me.

«Sì» sospiro sulle sue labbra e noto i suoi occhi dilatarsi un po'.

Quanto vorrei che non fosse solo chimica tra noi, reprimo questo pensiero inopportuno e prendo la mano che mi sta porgendo per condurmi in pista.

La musica pompa con forza dall'impianto audio, i bassi mi fanno vibrare il corpo e la sua vicinanza mi scuote l'anima. Mi sento viva, completa, felice.

Mi è mancato così tanto, dannazione. Lo penso, non glielo dico, non posso, ma glielo dimostro.

Glielo dimostro quando gli allaccio le braccia al collo e mi sciolgo contro il suo corpo forte e muscoloso.

Glielo dimostro quando il mio respiro accelera perché questa vicinanza inevitabilmente mi eccita.

Glielo dimostro quando incontro il suo sguardo e non alzo alcun muro difensivo, lascio che legga ogni emozione che mi riempie l'anima... e il cuore.

Sì, perché per quanto ci abbia provato, si è insinuato lì dentro e ha deciso di non andarsene più.

E so che lui vede e comprende tutto, quando ricambia il mio abbraccio stringendomi la vita, quando mi sfiora la schiena provocandomi un brivido di anticipazione, quando incontra il mio sguardo e mi mostra tutto ciò che ha dentro, provocando un terremoto dentro di me.

Ma non mi dà tempo di ragionare, di pensare, di capire.

Un attimo prima siamo in pista ondeggiando stretti l'uno all'altra, l'attimo dopo mi sta trascinando da qualche parte in fondo al locale.

Poco dopo, preme una mano su un pannello che riconosce la sua impronta e una porta scorrevole quasi invisibile nel muro si apre rivelando una stanza molto grande e arredata con eleganza.

Questo dev'essere il suo ufficio, grida potere e dominio

con ogni pezzo d'arredamento. Una luce fioca e soffusa illumina i toni nero e rosso cremisi dell'arredamento, che richiama quello del locale. È un ambiente che riscalda pur restando freddo e distaccato, proprio come l'uomo che lo abita.

«Frank» dico, ma un attimo dopo mi trovo premuta con la schiena contro la parete e lui a torreggiare su di me.

Ha il respiro affannato e, nonostante la penombra, riesco a vedere che ha le pupille dilatate. *È eccitato quanto me.*

«Cosa mi fai, Isa?» ringhia al mio orecchio. Sembra quasi arrabbiato.

«Niente di meno di ciò che *tu* fai a me» replico con onestà, perché è arrivato il momento di fare un atto di fede, come l'ha chiamato mia sorella, e lanciarmi nel vuoto, dicendogli ciò che provo davvero nei suoi confronti.

«Dio, non hai idea di quanto vorrei inchiodarti al muro e scoparti fino a farti gridare il mio nome» dice lasciandomi senza fiato, ma a quanto pare, non ha finito. «Vorrei rovesciarti sulla mia scrivania e fotterti fino a farti dimenticare il tuo stesso nome.» Mi mordicchia il collo. «Merda, bambolina, vorrei scoparti così forte da lasciarti i lividi. Possiederei, marchierei ogni centimetro del tuo corpo meraviglioso» scende a leccarmi la curva del seno. «Leccherei i tuoi umori, spremendoti ogni goccia di piacere, fino a stordirti di orgasmi» mi scopre un seno e comincia a titillarmi il capezzolo con le dita. «Ti riempirei del mio piacere fino a fartelo colare sulle cosce» prende in bocca l'altro capezzolo e succhia, mentre con indice e medio pizzica l'altro. *Sto perdendo del tutto il controllo, le sue parole mi eccitano, il suo tocco mi infiamma, la sua bocca scatena un uragano dentro di me. E poi, capisco:*

sto per venire senza che mi abbia nemmeno spogliata.

«E poi, ricomincerei tutto da capo» soffia sul capezzolo inturgidito, prima di risalire e schiantare la bocca sulla mia.

E io, senza poter fare nulla per evitarlo, vengo scossa da un orgasmo travolgente e mi lascio andare tra le sue braccia.

CAPITOLO VENTOTTO

FRANK

Dio, questa donna sarà la mia morte.

Ne sono convinto mentre la mia bambolina raggiunge l'apice del piacere tra le mie braccia, ed è lo spettacolo più straordinario a cui io abbia mai assistito.

È bastato che le raccontassi ciò che voglio farle per farla spezzare.

Divento durissimo solo al pensiero di mettere in pratica ogni singola fottuta cosa. Quanto lo vorrei, ma ci siamo allontanati già da troppo e questa sera siamo i "sorvegliati speciali", come se mi fottesse qualcosa di ciò che pensano di me, del mio matrimonio, della donna che amo. *Merda. Devo recuperare il controllo prima di dire qualcosa che non posso proprio permettermi di dire.*

Mentre sto impegnando tutto me stesso a imbrigliare le emozioni che Isa mi scatena dentro, lei solleva lo sguardo nel mio e sconquassa le mie sicurezze, sconvolge il mio mondo, insieme a tutte le regole che mi sono state impartite fin da bambino, e le bastano due parole per riuscirci.

«Ti amo» dice e io muoio un po'.

Mi fissa negli occhi con intensità e lo so cosa si aspetta. Ma, per quanto nella mia mente riecheggino con forza inarrestabile le parole *anche io*, non posso farlo.

I sentimenti ci rendono deboli, ci rendono bersagli facili per i nostri nemici, risento la voce di mio padre e una sensazione di soffocamento mi stringe la gola. Non riesco a tirare fuori nemmeno una parola, non riesco a ragionare con razionalità, esito.

E questa esitazione si fa pagare cara. Il suo sguardo da passionale diventa glaciale, e capisco che si è pentita di avermi aperto il suo cuore. Vorrei dirle che il mio è animato dagli stessi sentimenti, ma qualcosa mi blocca.

«Dobbiamo tornare di là» mi dice, la sua voce ormai una lastra di ghiaccio che mi passa da parte a parte.

Resto fermo, incapace di dirle ciò che provo e altrettanto incapace di fingere di non amarla quanto lei ama me.

«Isa» la chiamo a denti stretti, ma per dirle cosa?

«Sì?» risponde, e mi odio a morte per la nota speranzosa che sento nella sua voce.

Mi volto a guardarla e vorrei che leggesse nei miei occhi tutto ciò che non posso dirle.

«Amare uno come me è pericoloso» non posso fare a meno di metterla in guardia, perché proteggerla è diventato, non so quando, lo scopo principale della mia vita.

Dopo l'amarla, almeno.

«Ti preoccupi per me?» sbuffa, e le sono addosso in due respiri.

Può credere che io sia uno stronzo, un farabutto, un criminale, è tutto vero, ma che non mi preoccupi per lei, questo no. Non posso lasciarglielo credere.

La afferro per un braccio e me la sbatto addosso, a un millimetro da quelle labbra che amo, respiro nel suo respiro e pianto gli occhi nei suoi.

Occhi che brillano di rabbia e lussuria, vorrebbe picchiarmi tanto quanto vorrebbe scoparmi.

«Conosci il mio ruolo, Isa, sai che tipo di uomo sono. L'amore non ha mai fatto parte dell'equazione del nostro matrimonio. Lo hai sempre saputo, non puoi amarmi, cazzo» sbraito, perché non so più come tenere a bada il maremoto di emozioni che si sta scatenando nel mio petto.

L'unica cosa che so con certezza è che è escluso che le dica la verità.

Devo farle credere che questo matrimonio sia basato sulle apparenze, che tra noi ci sia solo sesso. Una reazione fisica naturale a una convivenza forzata. *Dio, non ci crederei nemmeno io.*

«Vaffanculo! Non ti azzardare a dirmi cosa posso o non posso fare, *Boss*» sibila e incolla il seno al mio petto, e muoio ancora un po'.

Sento il battito furioso del suo cuore contro la mia gabbia toracica, e non vorrei fare altro che inginocchiarmi ai suoi piedi e chiederle di perdonarmi, implorarla di lasciarmi venerare il suo corpo come merita, affondare tra le pieghe della sua intimità e mandarla in estasi come fa lei con me ogni volta che mi concede di amarla. *Non posso.*

«Guardami in faccia, Frank, e dimmi che non mi ami, dimmi che non provi niente per me oltre all'attrazione fisica» mi inchioda con ogni parola e devio lo sguardo sulla parete alle sue spalle.

Una cosa è omettere, una cosa è guardarla negli occhi e mentirle in modo tanto spudorato. So farlo, ne sono consapevole, mio padre mi ha insegnato anche questo, ma posso davvero mentirle in questo modo?

«Allora?» mi incalza, senza darmi modo di riflettere, di riordinare le idee, di mettere insieme le bugie, di organizzare un piano di contingentazione dei danni. «Guardami, cazzo. Mi devi almeno questo» mi grida in faccia, gli occhi lucidi, le mani che tremano.

È un attimo. La mia rabbia divampa, non la controllo più.

La spingo di nuovo indietro contro il muro e le faccio sentire l'effetto che mi fa premendole addosso la mia erezione. Lei sussulta in maniera evidente, ma non distoglie lo sguardo.

«Che cazzo vuoi sapere, eh? Se ti amo? Porca puttana, non me lo posso permettere, capisci? I tuoi cazzo di occhi, il tuo fottuto spirito indomito, la tua maledetta lingua biforcuta, tu. Isa, *tu* mi rendi debole. L'amore è una fottuta debolezza, e non importa che per te mi prenderei una pallottola in fronte, non importa che mi taglierei un braccio, non importa nemmeno che per tenerti al sicuro, distruggerei questa maledetta città, sterminerei tutti, *per te.* L'unica cosa che devi sapere è che le emozioni ci rendono deboli e in questa organizzazione del cazzo di cui entrambi facciamo parte fin dalla nascita, i deboli crepano. E sai come crepano? Ammazzati, torturati, fatti

KRIS HAMLET

a pezzi. Se qualcuno venisse a sapere cosa provo *davvero* per te, avresti addosso un fottuto lampeggiante grande quanto tutta la Baia a richiamare su di te l'attenzione dei miei nemici. Lo sai cosa ti farebbero quegli stronzi dei *Ghosts*, eh? Ti violenterebbero a turno, forse anche in gruppo, e poi ti taglierebbero pezzo dopo pezzo fino alla mia resa. Una resa che non servirebbe a un cazzo, perché finirebbero di sventrarti davanti ai miei occhi, prima di tagliare la gola a entrambi, lasciandoci a morire dissanguati» chiudo la bocca di scatto quando realizzo di aver dato fiato al mio incubo peggiore, ma è tardi.

A occhi spalancati, pieni di lacrime, Isa si porta una mano davanti alla bocca e singhiozza.

La mia bambolina battagliera è ferita, *io* l'ho ferita, e forse l'ho spezzata. *Sono uno stronzo.*

Faccio un passo indietro con l'intenzione di lasciarle spazio, ma il suo sguardo perso mi lacera e, ancora una volta, sono combattuto tra ciò che dovrei e ciò che vorrei *davvero* fare.

«Ah! Fanculo tutto!» sbotto e la tiro a me, non le dico più nulla, ma quando intreccio le dita tra i suoi capelli le faccio sentire che il mio cuore batte solo per lei, quando avvicino la bocca alla sua le faccio sentire che non mentivo, perché morirei sul serio per lei, e quando finalmente poso le labbra sulle sue, un po' muoio davvero.

CAPITOLO VENTINOVE

ISABELLA

Mia sorella mi sta evitando.

Sono passati tre giorni dalla sua festa di compleanno e, nonostante risponda quasi subito ai miei messaggi, al telefono la sento sempre un po' sbrigativa, come se non volesse intrattenersi a chiacchierare con me.

Inutile dire che una strana sensazione mi tormenta la bocca dello stomaco. Come quando c'è qualcosa che non va, ma non sai bene di cosa si tratti, sai solo che c'è. E io so che riguarda mia sorella.

L'ho invitata a pranzo, ma ha declinato.

Strano, no?

Proprio mia sorella, che non si lascerebbe mai sfuggire l'occasione di uscire di casa e non trascorrere le giornate con i nostri genitori sempre pronti a farle una predica, ha declinato il mio invito a pranzo.

Ho pensato dovesse studiare, magari informarsi sul piano di studi che l'attende oppure cercare un alloggio.

Ho cercato di giustificare in qualsiasi modo questo suo rifiuto. Ma, siccome non sono riuscita a far tacere la vocina nella mia testa che continua a suggerirmi con insistenza che ci sia qualcosa di strano nel suo atteggiamento, le ho proposto di passare la giornata in biblioteca, il nostro posto preferito in assoluto.

Un'occasione imperdibile, no?

Eppure, ha rifiutato ancora, stavolta dicendo di avere mal di testa. Ora, io ci provo a non essere una sorella maggiore pressante o invadente, ma questa è una cazzata bella e buona.

E, dal momento che la conosco come le mie tasche, non ho intenzione di restare in disparte.

Voglio solo assicurarmi che stia bene, mi ripeto guardandomi allo specchio controllando l'outfit casual che ho scelto per questa mattina. *Voglio solo assicurarmi che non abbia avuto altri scontri con quello stronzo di Alex*, interviene la vocina fastidiosa nel mio cervello.

E sono abbastanza onesta da ammettere che ho osservato mia sorella, per quasi tutta la sera, proprio per controllare che Alex non le si avvicinasse.

Certo, poi mi sono un po' distratta a causa della lite con Frank, ma non mi pare che quei due si siano incrociati, figuriamoci parlati.

Voglio solo essere sicura che stia bene, mi ripeto ancora una volta scendendo le scale, mi guardo intorno diffidente, anche se sono quasi sicura che Frank sia già uscito.

Dalla lite furibonda della festa, le cose tra noi sono un po' strane: non tese, ma nemmeno del tutto tranquille.

Il fatto è che Frank mi dice delle cose, ma poi si comporta come pensasse tutto il contrario. Mi dice che l'amore è una debolezza, ma quando mi stringe tra le braccia, le sue mani mi raccontano un'altra versione. *Molto diversa.*

Il bacio nel suo ufficio allo *Stark* è stato a dir poco memorabile. Ma dopo? È uscito senza dire una parola, lasciandomi lì frastornata e tremendamente eccitata.

Che Dio mi aiuti, devo essere diventata una criminale quanto lui, credo, perché tutto quello che mi ha detto riguardo ai *Ghosts* mi ha terrorizzata in un primo momento, ma quando ho capito che era serio anche riguardo a tutto ciò che avrebbe fatto per me, per tenermi al sicuro, mi ha fatto sentire protetta, potente e, sì, anche eccitata. *Dio, sono malata.*

All'ingresso trovo Joe, intento a smanettare con il suo cellulare, è un ragazzetto che credo abbia l'età di Mariella perché so che è una nuova leva, anche se con questi Uomini d'Onore non si può mai dire, sembrano sempre più grandi dell'età che hanno davvero.

Mi schiarisco la voce per attirare la sua attenzione e ci manca poco che salti in piedi dalla paura. Trattengo una risata e gli rivolgo un sorriso gentile.

«Buongiorno, Joe. Questa mattina, vado a trovare mia sorella. Voglio proprio farle una sorpresa e, magari, convincerla a fare colazione insieme.»

Perché tutte queste spiegazioni? Perché so che in poco meno di un minuto, riporterà tutto a Frank.

Perché mi interessa che lui lo sappia? Perché ho capito che gli importa davvero della mia sicurezza e se da ora in avanti potrò facilitare le cose a lui e ai suoi uomini, non mi dispiacerà informarlo in anticipo dei miei spostamenti.

Perché non mi infastidisce questa sorta di controllo sulla mia libertà? Perché ho ammesso a me stessa di amare mio marito, ma ho anche capito che se voglio che le cose tra noi funzionino, anche fuori dalla camera da letto, dobbiamo venirci incontro.

Lui mi ha detto ciò che prova, o almeno ha cercato di farlo nel suo strano modo contorto. Quindi, ora tocca a me fare un passo nei suoi confronti.

«Caffè?» propongo a Joe, perché è vero che voglio andare a fare colazione con mia sorella, ma non posso uscire di casa senza una dose accettabile di caffeina nelle vene.

Joe ricambia il mio sorriso con uno un po' timido, immagino sia abituato ai modi bruschi di Frank, ma accetta volentieri il caffè e, cinque minuti dopo, siamo già in auto diretti a casa Rizzo.

Quando mia madre viene ad accogliermi non mi sembra affatto preoccupata; quindi, immagino che Mariella si stia comportando in modo strano solo con me. *Mmm, il mistero continua a infittirsi.*

La mamma la manda a chiamare mentre mando giù la seconda dose di caffeina della giornata, e mi preparo a esaminare ogni comportamento di mia sorella per venire a capo di questo mistero.

Quando varca la soglia del soggiorno, mia sorella sbianca – e considerata la tonalità diafana della sua pelle è tutto dire – e le leggo negli occhi in modo piuttosto evidente la voglia di girare i tacchi e tornare di corsa in camera sua.

La mia pazienza si sta assottigliando, le farò vuotare il

sacco in men che non si dica.

«Sorellina» la saluto incollandomi sul viso il più zuccheroso dei sorrisi. Mi alzo e aggancio il braccio al suo per sopprimere ogni tentativo di fuga. «Stavo proprio dicendo alla mamma quanto mi piacerebbe andare a fare colazione insieme» le propongo, ma lei sembra impietrita sul posto, perciò continuo. «Perché non vai a metterti qualcosa e andiamo in quella pasticceria italiana per un cappuccino maxi e un cornetto al cioccolato bianco con la granella di pistacchio?» le domando inarcando un sopracciglio.

E lo sguardo che mi rivolge mi fa capire che è consapevole che questa sia un'esca a cui non può non abboccare: la sua colazione preferita nella sua pasticceria preferita, non può dirmi di no. Se ci proverà, le farò confessare qualsiasi cosa stia nascondendo davanti alla mamma.

Quando sospira, capisco che il mio piano ha funzionato.

«D'accordo, Isa, torno subito» risponde un po' mesta e non posso fare a meno di preoccuparmi ancora di più.

Vorrei sapere subito cosa le sta passando per la testa, ma se ha ceduto così in fretta, probabilmente significa che non vuole parlarne davanti alla mamma.

Speriamo si sbrighi.

«Avanti, sputa il rospo» le dico appena ci accomodiamo al tavolo panoramico più bello della pasticceria *Da nonna Clara*, il luogo in cui i nostri genitori ci portavano sempre da bambine, ogni domenica mattina, subito dopo la messa.

Mariella ignora la mia domanda e si guarda intorno, come se vedesse per la prima volta i ritagli dei giornali che testimoniano i premi vinti dalla pasticceria e tutti i riconoscimenti ottenuti in quasi un secolo di attività. Si sofferma con particolare attenzione sulla carta da parati rosa con disegnati dei piccoli cupcake di colori diversi, una chicca introdotta da Susan, la nipote di Clara – sì, cinque anni fa.

Niente che mia sorella non abbia già visto un migliaio di volte, almeno. Sta solo prendendo tempo. E questo mi preoccupa ancora di più.

Mi schiarisco la gola, ma non dico altro. Non voglio essere pressante. Non troppo, almeno.

Lei fa un sospiro profondo e, finalmente, mi guarda.

«Non capisco a cosa ti riferisci.» Vorrei apprezzare il tentativo, ma l'*attitude* di questa finta nonchalance è tutta sbagliata, e mia sorella non è mai stata brava nel dire le bugie.

«Mari, tesoro, sappiamo entrambe che non usciremo da qui finché non mi spiegherai il motivo per cui mi eviti da giorni» le spiego con una calma quasi inquietante.

Lei mi scruta con attenzione, poi scuote la testa. Vuole davvero resistere.

«Isa—»

«Non ci provare. Mi sto arrovellando da giorni, e non te la caverai con una bugia. Non ti è piaciuta la festa? Volevi qualcosa di diverso? Ho sbagliato qualcosa? È successo qualcosa di cui non mi sono accorta?» la tartasso di domande, ma lei non accenna a rispondere e la mia pazienza si assottiglia ancor di più.

«Ho *adorato* la festa, è stato tutto magnifico, come puoi pensare di aver sbagliato qualcosa? Dio, parleranno per mesi del mio diciottesimo compleanno» le sue parole sono entusiaste, ma il suo tono ha qualcosa che continua a non convincermi.

«Ma...?» la incalzo.

«Nessun ma. Per favore, credimi, la festa è stata perfetta. Il mio abito era perfetto, la torta era perfetta, tutto era assolutamente perfetto» insiste, ma si affretta a distogliere lo sguardo, non prima che io mi accorga che i suoi occhi si sono fatti lucidi però.

«E allora perché mi sembri sul punto di piangere?» le domando, allungandomi a prenderle una mano tra le mie.

«Puoi dirmi tutto, lo sai. Sono qui per te, ci sarò sempre» la rassicuro, mentre mi scervello tentando di capire cosa abbia potuto turbarla tanto.

«Isa, per favore, possiamo evitare di parlarne? Non ha alcuna importanza, è tutto passato ormai.»

«Tesoro, sei turbata, è evidente che di qualsiasi cosa si tratti, non è passato affatto; quindi, no, non possiamo non parlarne. Dimmi cosa succede, sorellina, parlami» insisto, perché odio vedere quella espressione tanto triste sul suo bellissimo volto.

«Isa...» inizia, ma le sfugge un singhiozzo e giuro che non ci alzeremo di qui, finché non avrò saputo ogni dettaglio di ciò che la tormenta.

Rafforzo la presa sulla sua mano e cerco di usare il tono più dolce che ho.

«Piccola, per favore, parla con me. Sono io, la tua sorellona. Qualsiasi cosa sia, ti aiuterò, ti proteggerò, lo sai.»

«Non mi giudicherai?» domanda a voce a malapena udibile.

«Certo che no» le assicuro.

«Prometti di non arrabbiarti e di non fare un casino?» domanda ancora.

Ecco, ora inizio a preoccuparmi.

«Mari, di cosa si tratta?» le rispondo con una domanda.

«No, Isa, se vuoi saperlo, devi promettermelo.

Altrimenti, per quanto mi riguarda, possiamo anche starcene qui a osservare il panorama senza dire una parola» sentenzia, e so già che mi pentirò della promessa che sta per strapparmi.

«Non posso prometterti che non mi arrabbierò, ma ti prometto che non farò un casino.»

«Non ne parlerai col diretto interessato?» specifica ancora, e giuro che sono sul punto di tirarmi i capelli.

«Chi diavolo è il diretto interessato?» domando, anche se un sospetto inizia a formarsi nella mia mente, e comincio a temere che dovrò assoldare un *killer*.

«Prima, promett—»

«Prometto, prometto. Adesso, parla, cazzo» la interrompo, perché sento la mia pressione sanguigna alzarsi in modo pericoloso.

Mia sorella fa un sospiro profondo e poi sgancia la bomba.

«Sono andata a letto con Alex»

Devo aver capito male.

Forse ho un problema di udito.

Di sicuro, non intendeva ciò che la mia mente perversa sta pensando.

È impossibile.

Mia sorella ha baciato... quanti? Due, forse tre, ragazzi?

Non è possibile.

Mio Dio, forse ho un disturbo neurologico che mi impedisce di comprendere il vero significato delle parole.

Non posso crederci.

Forse, sto esagerando. Magari avevano bevuto troppo e si sono addormentati nello stesso letto. A letto insieme, in questo *senso.*

Sì, dev'essere così.

Sollevata dalla conclusione del mio ragionamento,

ricomincio a respirare e inizio a ridere in maniera quasi isterica.

Come ho potuto anche solo per un attimo pensare che mia sorella potesse fare sesso con quello stronzo di Alex?

Mia sorella mi osserva come se fossi fuori di testa, ma non riesco a smettere di ridere.

«Isa, hai capito quello che ti ho detto?» chiede, aggrottando le sopracciglia.

Faccio un sospiro profondo per recuperare un po' di controllo e le sorrido.

«Mari, la mia mente ha fatto un'ipotesi assurda travisando del tutto le tue parole, ma poi ho capito che le avevo male interpretate. Sai, può capitare che quando si beve un po' più del solito, si facciano cose parecchio insolite. Non so come tu sia finita in un letto insieme ad Alex, e capisco che la situazione ti abbia turbata parecchio, ma non hai di che preoccuparti. Se quello stronzo ha intenzione di mettere in giro voci su di te, ci penserò io a risolvere la cosa.»

«Hai ragione, forse ho usato delle parole facilmente interpretabili. Cercherò di essere più diretta e meno fraintendibile: ho fatto *sesso* con Alex.»

«C-cos...come... voi, tu... *ma che cazzo?*» la mia voce si fa acuta e sottile, mentre sono quasi certa che stia per scoppiarmi una vena nel cervello.

Lo ammazzo.

Lo distruggo.

Lo faccio a pezzi.

Appena gli metterò le mani addosso, non resterà niente di quel figlio di puttana.

«Isa, ti prego, calmati. Respira, va tutto bene. Non è successo niente» cerca di calmarmi, ma ormai sragiono.

«Niente? Lo chiami niente? Hai dato la tua verginità a

uno stronzo di prima categoria e lo chiami niente? Come faccio a calmarmi? Gli avevo detto di starti lontano, cazzo, glielo avevo detto. Adesso, vedrà.»

«Hai promesso, Isa. Voglio che tu non faccia proprio niente» mi rivolge uno sguardo infuocato.

Quello stronzo se l'è scopata e lei ha il coraggio di pretendere che io non faccia nulla al riguardo.

«Allora, perché sei tanto sconvolta, eh? Cosa ti ha fatto? Ti ha fatto male? È stato rude? Oddio, ma come ti è venuto in mente? Perché proprio lui?»

«Credo di amarlo.»

Diretta, secca, decisa.

«Stai scherzando? Sei andata a letto con lui e ora, di colpo, ne sei innamorata?»

«In realtà, mi ha colpito fin dal vostro matrimonio, lo sai, e da allora non ho smesso un attimo di pensare a lui.»

Di nuovo, nessuna incertezza nelle sue parole.

«Tesoro, hai appena diciotto anni e lo hai visto due volte. Come puoi pensare di provare qualcosa per lui che vada oltre l'attrazione fisica?» le domando, perché vorrei davvero capire il suo punto di vista.

«Isa, Alex non mi ha mai trattata come fossi una bambolina di cristallo. È diretto, irriverente, irritante quasi, ma mi ha fatta sentire *viva*. Ogni volta che gli sto accanto, sento tutto sulla pelle.»

Gesù. È più grave di quanto temessi.

«Ma allora perché sei così turbata? Ti ha cacciata la mattina dopo, non è così?» suppongo, conoscendo bene i tipi come Alex che la sera sarebbero disposti a promettere la luna pur di raggiungere l'obiettivo e, una volta finito, nemmeno si ricordano il tuo nome.

«Non mi ha cacciata, ma sono sgusciata fuori dalla stanza prima che si svegliasse. Non avevo, e ancora non ho, il coraggio di guardarlo in faccia. E se mi dicesse che non vado bene per lui? Lui è... intenso, ma era deciso a non toccarmi. Non sai quanto ho dovuto insistere per farlo cedere, come ho dovut—»

«E vorrei continuare a non saperlo, grazie tante. Per favore, non scendere nei dettagli. Non credo di poterlo gestire per il momento, d'accordo?» la interrompo, perché, sul serio, non voglio conoscere i dettagli di come lo ha sedotto, anche se dubito che uno come Alex possa "cedere" a una ragazzina.

Scommetto che quel farabutto l'ha manipolata per ottenere proprio ciò che voleva.

«Mari, sono contenta che tu ti sia confidata con me. Io ci sono, lo sai, sempre e per qualunque cosa.»

«Beh, una cosa ci sarebbe: vorrei anticipare la mia partenza per Parigi. Mi aiuteresti a convincere i nostri genitori a lasciarmi partire il prima possibile?» mi chiede, e questa è la conferma che qualsiasi cosa sia successa tra mia sorella e Alex l'ha sconvolta.

Quello stronzo non sa cosa lo aspetta.

CAPITOLO TRENTA

FRANK

Sono sempre più convinto che i *Ghosts* stiano organizzando qualcosa di grosso e Romeo è d'accordo con me.

Sono chiuso nel mio ufficio di casa da un paio d'ore a riflettere su quali potrebbero essere i loro obiettivi, ma non ho ancora cavato un ragno dal buco quando sento dei passi affrettati e, un attimo prima che la porta venga spalancata di botto, ho già la mano sulla pistola.

«Una cosa ti avevo chiesto, Frank, *una sola* e, invece, ho scoperto che la mia sorellina è andata a letto con Alex. Scommetto che l'ha sedotta per un qualche tipo di gioco perverso? Oppure voleva provare il brivido di andare con una ragazza senza alcuna esperienza? Sbaglio o mi avevi detto che, e cito testualmente le tue stramaledette parole, *non sarebbe riuscita mai a stare al passo?*» sbraita Isabella, furiosa e rossa in volto.

Ma di che diavolo sta parlando?

Cerco di infilarmi nella sua arringa, ma la mia bambolina è fuori di sé dalla rabbia. Una rabbia che mi contagia all'istante perché non sapevo nulla di questa storia e avevo *davvero* raccomandato a Alex di star lontano da Mariella.

Ma, soprattutto, lui non mi ha detto nulla e mi trovo del tutto impreparato a questo attacco frontale. *Odio essere impreparato agli attacchi.*

«Com'è possibile che una cosa del genere sia successa proprio sotto il mio naso? Sono stata così attenta, pensavo fosse al sicuro e invece guarda che capolavoro. Scommetto che questa storia c'entra anche con il suo voler fuggire a Parigi in tutta fretta» continua imperterrita senza nemmeno guardarmi.

«Tua sorella ha sempre voluto studiare a Parigi e ho smosso mari e monti per fare in modo che accadesse» cerco di placarla, ricordandole che mi sono messo in gioco per lei e per sua sorella.

«Oh, quindi questo ha autorizzato il tuo fedele Secondo a portarsela a letto, Frank? Voleva marchiarla, reclamarla o che altro? Eh? O forse pensava che in questo modo lei sarebbe rimasta qui a San Francisco? Oddio... non ho voluto che scendesse nei dettagli, ma s-se lui l'avesse costretta? Se l'avesse presa contro la sua volontà e lei avesse evitato di dirmelo?» ormai va a ruota libera.

Scuoto la testa e faccio un respiro profondo. È sconvolta e perdere anch'io la calma non servirebbe a nulla.

«Ascoltami bene, Isa, non so cosa sia successo tra loro o

perché. Convocherò Alex e gli chiederò spiegazioni, ma ho bisogno che ti calmi e ragioni insieme a me. Sono pronto a scommettere la mia stessa vita che Alex non l'abbia costretta a fare proprio nulla. Può essere uno stronzo, te lo concedo, ma non obbligherebbe mai una donna a fare nulla. Non conosciamo i dettagli di quanto avvenuto tra loro ed è sciocco giungere a conclusioni affrettate» cerco di farla ragionare, ma il suo sguardo continua a scattare in tutte le direzioni tranne che su di me.

Avanzo verso di lei senza mai staccare lo sguardo dal suo viso, lei arretra ma si ostina a non incontrare i miei occhi.

Devo toccarla, è l'unico modo che ho per placarla, per riportarla da me. Sembra agitata, spaventata, terrorizzata persino, e odio, cazzo, *odio* con tutte le mie forze vederla in questo stato.

Riesco a raggiungerla e allungo le mani per toccarla, anche se sono certo che mi rifiuterà, respingendo me e il mio tocco. Ma, una volta di più, questa donna mi stupisce. Mi permette di toccarla e, senza pensarci due volte, me la sbatto addosso per prendere sulle mie spalle la sua tensione, la preoccupazione nei confronti della sorella, e grazie a Dio, me lo lascia fare: il suo corpo si fa di burro contro il mio, la sua morbidezza contro la mia durezza, le sue curve contro i miei spigoli.

La sento singhiozzare, sta piangendo e, finalmente, finalmente *cazzo*, percepisco la sua ansia placarsi, proprio mentre giungo alla conclusione che forse dovrò uccidere il mio migliore amico.

Poco più di quindici minuti più tardi, spalanco la porta del mio ufficio allo *Stark* e quasi la tiro via dai cardini, Alex si è già messo comodo nella poltrona davanti alla scrivania e nemmeno sobbalza al mio ingresso.

«A cosa cazzo pensavi, Alex? Mia moglie ha avuto una crisi isterica, mia cognata sta preparando le valigie per Parigi e tu mi sembri fottutamente calmo, troppo calmo. Mi vuoi dire che cazzo ti è preso prima che ti pianti una pallottola in fronte?» lascio da parte i convenevoli e arrivo dritto al punto tanto sappiamo entrambi perché siamo qui.

«Fratello—»

«Fratello, un cazzo. Non hai idea delle condizioni in cui ho lasciato mia moglie, pensavo sarebbe andata in frantumi davanti ai miei occhi. Sai quanto è protettiva nei confronti della sorella. Cristo, l'unico motivo per cui ha accettato di sposare *me* è stato per salvare *lei*.»

«Non mi sembra che se la passi tanto male...»

«Non parlare di mia moglie. Non. Osare. Parlare. Di. Lei. Piuttosto, spiegami cosa stracazzo è successo tra te e mia cognata.»

«Non che siano affari tuoi...»

«Alex, hai deciso di morire oggi? Perché, amico, lascia che ti dica che in questo momento mi sento davvero magnanimo e potrei acconsentire alla tua richiesta. Ti suggerisco di iniziare a parlare. *Ora*» sbatto un pugno sul tavolo per evidenziare che la mia pazienza è giunta al termine.

Lui sbuffa e nei suoi occhi si accende la sfida, gli leggo negli occhi la voglia di tenermi testa come quando eravamo ragazzini e di tenere chiusa quella sua maledetta boccaccia.

Per un attimo, faccio scivolare via la mia maschera di civiltà, in modo che veda parte della furia omicida che mi rimbomba nelle vene in questo momento.

A quel punto, i suoi occhi si spalancano di scatto e so che ha capito che faccio sul serio.

Fa un sospiro profondo prima di iniziare a parlare.

«Senti, Frank, lo so cosa mi avevi detto, ma è successo, va bene? Non sono andato a cercarla di proposito, non era affatto nelle mie intenzioni. Fanculo, se proprio ci tieni a saperlo, pensavo che fosse troppo innocentina per i miei gusti, ma poi mi ha baciato. E non ci ho capito più niente. Ho sentito... non lo so, *qualcosa*. Lei è... lei mi fa *qualcosa*. Cosa vuoi che ti dica? Non l'avevo pianificato e non volevo andare contro i tuoi ordini, ma non avrei potuto fare diversamente.»

«Fanculo, Alex, con tutte le donne che ti salterebbero addosso in meno di tre secondi, hai dovuto portarti a letto proprio mia cognata.»

«Nessuna di loro è Mariella.»

«Cazzate, Alex, è con me che stai parlando. Dimentichi che io ti conosco, che abbiamo condiviso le donne più volte di quante ricordo. E ricordo che, a volte, non le guardavi nemmeno in faccia, perché a te bastava che respirassero.»

«Frank...»

«No, niente Frank. Ormai quel che è fatto, è fatto. Troverò un modo per placare Isabella e, ti sia ben chiaro, dovrò parlare con Mariella e capire se per lei è tutto a posto. Nel caso non fosse così, cazzo, non lo so, dovremo pensare a una soluzione. È imperativo che da questo momento in poi tu le stia lontano, mi hai capito, Alex? Non parlarle, non cercarla, niente di niente. È un ordine che non voglio ripetere e, stavolta, se disobbedirai le conseguenze saranno drastiche.»

«Merda, perché mi fai questo? Lei... Credo che lei mi piaccia» cerca di replicare, ma le cose sono andate troppo oltre e devo riprendere il comando della nave prima che affondi.

«Saresti pronto a sposarla?»

Quasi gli escono gli occhi fuori dalle orbite.

«C-cosa? Sei impazzito? Ho detto che mi piace, mica che voglio sposarmela e poi non ci conosciamo nemmeno e, soprattutto, lo sai che non sono tipo da relazioni. Fanculo, non saprei nemmeno da dove iniziare.»

«Allora, è deciso. Le stai lontano e considererò la questione chiusa, prova a riavvicinarti a lei e sarai costretto a sposarla.»

E con questo, considero chiusa la questione ed esco dall'ufficio sbattendomi la porta alle spalle.

Due ore e quattro chiamate perse più tardi, non ho ancora ottenuto alcuna risposta da mia moglie, nemmeno ai messaggi che le ho mandato.

Quando sono tornato a casa, l'ho trovata vuota e ho chiamato subito Sam, uno dei miei uomini, il quale mi ha informato che Isa voleva tornare a trovare sua sorella. Per fortuna, ha portato con sé Joe, uno dei miei uomini.

Eppure, ho una strana sensazione alla bocca dello stomaco. Sarà la voglia di chiarire la situazione, di assicurarmi che stia bene, di stringerla tra le braccia e rassicurarla che andrà tutto bene. Non lo so, ma non smetto di camminare avanti e indietro nel mio studio.

Decido di lasciarle un messaggio in segreteria per farle capire che sto perdendo la pazienza.

«Cristo, Isa, rispondi a questo fottuto telefono prima che piombi a casa dei tuoi. Capisco che sei ancora arrabbiata con me, ma la risolviamo insieme. Hai tre minuti per richiamare o rispondere ai miei messaggi, dopodiché verrò a casa dei tuoi e non sarà un incontro piacevole.»

Chiudo la chiamata, furibondo, come può chiudermi fuori in questo modo? Io con lei non potrei mai. Ho bisogno di parlarle, farle capire che giochiamo nella stessa squadra e che avrà sempre il mio supporto, anche se dovessi andare contro il mio migliore amico.

Vorrei solo farla ragionare, vorrei solo stringerla e dirle che non è sola. Che non deve più tirare su le sue mura invalicabili, perché ci sono io a proteggerla da ogni cosa.

Sono passati due minuti. Ancora niente. Salto in auto. Non riesco ad attendere oltre. Volo a casa dei coniugi Rizzo infrangendo ogni maledetta norma del codice della strada e quando arrivo mi fiondo fuori dall'auto, furente.

Busso con decisione alla porta e cerco di darmi una calmata, perché la vibrazione letale che attraversa sempre il mio corpo è sul punto di esplodere e fare una strage. *E non mi sembra proprio il caso di assassinare i miei suoceri in un raptus di rabbia.*

Quando la domestica mi apre la porta, scorgo per un momento il suo sguardo spaventato, ma la supero senza rivolgerle nemmeno la parola e mi reco in salotto, dove trovo Assunta, intenta a lavorare a maglia. *Figuriamoci.*

«Buonasera, Assunta. Mi spiace arrivare così, ma sto cercando Isabella. So che dovrebbe essere qui» vorrei quasi complimentarmi con me stesso per il tono pacato che ho usato.

Lei alza lo sguardo, del tutto ignara della rabbia che ribolle dentro di me.

«Mi spiace, caro. Credo tu abbia fatto un viaggio a vuoto, Isabella non è qui. È uscita più di un'ora fa per tornare a casa.»

Per un attimo, sono convinto di aver capito male. L'attimo successivo, però, la terra trema sotto i miei piedi mentre il mio cervello cerca di comprendere cosa significhi ciò che mi ha appena detto. Subito dopo, mi chiedo se mia moglie sia scappata e una voragine si spalanca nel mio petto.

Da fuori, non mi sono mosso di un millimetro, il mio corpo è immobile e la mia espressione impassibile. Ci metto un secondo di troppo a rendermi conto che Assunta si è alzata e mi si è avvicinata, quando la rimetto a fuoco, mi rendo conto che mi sta parlando.

«Frank, credo che ti stia squillando il telefono» dice e io torno di colpo alla realtà.

Devo trovare Isa.

Senza aggiungere altro, mi volto e quasi corro fuori di casa, cominciando a pensare a come organizzare le ricerche, a contattare Romeo per il controllo del traffico portuale e aeroportuale e, nel frattempo, rispondo alla chiamata di Alex.

«Boss, abbiamo un problema» mi dice e l'asse del mio mondo si inclina in modo pericoloso.

Devo trovare Isa, cazzo.

CAPITOLO
TRENTUNO

ISABELLA

Apro gli occhi e me ne pento un attimo dopo, quando
una fitta pungente mi trapassa il cranio da parte a parte.
Gemo di dolore, cercando di capire dove diavolo mi trovo
e cosa sia successo. Ho la mente annebbiata e gli ultimi
momenti prima di perdere conoscenza sono piuttosto
confusi.

Cerco di guardarmi intorno, ma le palpebre sembrano
pesare un quintale e le chiudo per risparmiare le forze.
Faccio un respiro profondo e avverto un dolore sordo al
costato.

Sono confusa e dolorante, ma non so perché. Devo

provare a concentrarmi sull'ultimo ricordo che ho e partire da lì.

Non è affatto semplice, mi sento debole e acciaccata, come se mi fosse passato sopra un autobus o un SUV.

E, in un attimo, mi torna tutto in mente.

Un SUV nero.

Inchioda e accosta.

Ne escono quattro uomini con indosso giubbotti di pelle con delle toppe.

Hanno i volti coperti, ma le braccia sono coperte di tatuaggi, e imbracciano grosse armi automatiche, che ci puntano contro.

Cominciano a sparare a raffica contro la fiancata blindata.

Grido, sono terrorizzata, cosa succede?

Dov'è Frank?

Lui saprebbe cosa fare, io riesco solo a urlare.

Sento il sangue ruggirmi nelle orecchie, non riesco a pensare.

Joe si volta e il suo giovane volto non riesce a nascondermi un'espressione preoccupata quando mi grida di restare in auto. Lo guardo, ma il mio cervello fatica a elaborare le sue parole.

Che diavolo vuole fare? Scendere? Questa maledetta auto è blindata, ma se scende potrebbe succedergli di tutto.

Devo impedirgli di uscire dal veicolo.

No.

Non faccio in tempo a fermarlo, che scende e risponde al fuoco.

I colpi si intensificano, e non so cosa fare.

Restare in auto e pregare che qualcuno arrivi in tempo.

Scendere e provare a fuggire, pregando di non essere

crivellata di colpi.

Chiamare aiuto.

Scelgo l'ultima opzione e cerco di recuperare il telefono dalla borsa, ho le mani che mi tremano al punto che non riesco a tenerlo fermo.

Sento un tonfo sordo dal lato del guidatore, e intuisco che Joe dev'essere stato ferito. O peggio. Ma non posso pensarci ora.

Devo sbrigarmi, perché quando vedo due uomini avvicinarsi all'auto, capisco che è giunta la mia ora.

Avrei dovuto parlare con Frank questa mattina, dirgli che lo amo comunque, anche se è uno stronzo.

Quando riporto lo sguardo sul telefono e avvio finalmente la chiamata, sento la mia portiera spalancarsi e un attimo dopo, un pizzico leggero sul collo e tutto diventa nero.

D'accordo, adesso so cosa è successo.

Devo solo scoprire dove mi trovo e come tornare a casa.

Frank mi starà già cercando, giusto? Joe lo avrà avvertito di quanto è successo e lui sarà in giro con i suoi uomini a cercarmi.

Vero?

E se dopo il modo in cui l'ho aggredito questa mattina, avesse cambiato idea su di noi?

E se Joe non ce l'avesse fatta? mi schernisce una vocina in fondo al mio cervello. Era ferito, ma non ho potuto constatare le sue condizioni. Se le sue ferite fossero state letali? Frank non avrebbe idea di cosa è successo, non saprebbe da dove iniziare le ricerche.

E se pensasse che sono fuggita di mia volontà? No, non voglio nemmeno prendere in considerazione quest'ipotesi. Non può pensare una cosa del genere, sapendo ciò che provo nei suoi confronti. Né può credere che toglierei la vita a qualcuno. Non *può* e basta.

Inspiro a fondo, perché ormai sto delirando, i pensieri vanno a ruota libera, si rincorrono confusi, sfumano gli uni negli altri, faccio fatica a inseguirli, e di metterli in ordine non se ne parla.

Sono stata drogata, concludo riflettendo sulle mie attuali condizioni e ricordando il lieve pizzico al collo che ho avvertito poco prima di perdere conoscenza.

Resta concentrata, mi sprono, ma è davvero difficile.

Riprovo a girare la testa per capire dove mi trovo e una zaffata di odore selvatico mi colpisce le narici.

Non riesco a individuare di cosa si tratti, forse l'odore di qualche animale, però le pareti di legno e il fieno sul pavimento sono un indizio sufficiente a farmi concludere che mi trovo in una stalla o qualcosa di simile.

Dobbiamo essere fuori città, potremmo essere in aperta campagna a sud oppure chissà dove in mezzo alla boscaglia a nord di San Francisco.

Non ho idea di chi mi abbia rapita, ma escluderei le vecchie organizzazioni rivali come la mafia russa e quella irlandese: sin da quando il padre di Frank ha ottenuto la Reggenza si è prodigato per far in modo che lavorassero tutti in piena armonia, per quanta armonia possano sperimentare le organizzazioni criminali.

Mi torna in mente una conversazione telefonica di Frank, che ho ascoltato solo di sfuggita, in cui parlava di un gruppo MC, i *Ghosts* se non ricordo male, con alcuni cenni al loro rifugio "introvabile". Potrebbe trattarsi di loro? Ma perché rapire me? Io non conosco i dettagli dei traffici di Frank, e anche se ne fossi a conoscenza, non tradirei mai mio marito.

Di colpo, la mia mente viene invasa dalle parole che Frank mi ha scagliato addosso la sera del compleanno di Mariella, dopo che gli avevo confessato di amarlo: «*Lo sai cosa ti farebbero quegli stronzi dei Ghosts, eh? Ti violenterebbero a turno, forse anche in gruppo, e poi ti taglierebbero pezzo dopo pezzo fino alla mia resa. Una resa che non servirebbe a un cazzo, perché finirebbero di sventrarti davanti ai miei occhi, prima di tagliare la gola a entrambi, lasciandoci a morire dissanguati.*»

Oh, merda.

«Resta lucida» sussurro a me stessa, ho la voce rauca e sento la lingua impastata e pesante quasi quanto le palpebre.

Devo farmi forza, cercare una via d'uscita da qui, non ho intenzione di essere la leva che useranno per piegare Frank.

Non che mi aspetti davvero che uno come lui, uno spietato assassino senza scrupoli, si piegherebbe per qualcuno, ed è un pensiero che in parte mi rincuora e in parte mi punge il cuore.

Cerco di sollevarmi a sedere, nonostante un indolenzimento e generale e le vertigini, ma con qualche respiro profondo, ce la faccio.

È senza dubbio il box di una stalla: se non fosse bastato l'odore di selvatico e il fieno a terra, a confermare la mia teoria c'è una sella in un angolo, peccato non sia di alcuna utilità per la mia fuga.

All'improvviso, sento dei passi pesanti e il mio cuore accelera, il sangue inizia a martellarmi con prepotenza nelle orecchie e restare calma diventa un'utopia.

Mi guardo intorno frenetica alla ricerca di qualcosa che possa usare come arma, o anche solo un nascondiglio di fortuna, ma non c'è alcun anfratto in cui trovare riparo.

Pochi secondi e la porta di legno viene spalancata permettendo a due uomini alti e robusti di entrare: uno ha il volto coperto, indossa jeans sdruciti e una maglietta nera che ha visto senza dubbio tempi migliori, anche l'altro indossa dei vecchi jeans e una maglia macchiata di rosso – e spero davvero che si tratti di sugo – anche se la cosa che mi preoccupa di più è il ghigno malefico che sfoggia a volto scoperto e che non promette niente di buono, facendomi tremare fin dentro le ossa.

Quello con il volto scoperto fa un passo avanti e capisco che è proprio lui a comandare, mi rivolge un'occhiata talmente lurida e squallida che mi sento sporca all'istante, ma mantengo un'espressione neutra e, soprattutto, mi obbligo a non emettere nemmeno un lamento.

«Buongiorno principessina, hai riposato bene?» mi domanda beffardo.

Non spreco le poche energie che ho per rispondere a una domanda così stupida, mi limito a fissarlo dritto negli occhi, perché se pensa che me ne starò buona a piangere in un angolino, può andare a farsi fottere.

Inarca un sopracciglio e un luccichio malvagio gli illumina lo sguardo, un vero presagio di sventura.

«Oh, il gatto ti ha mangiato la lingua? Tranquilla, troveremo qualcos'altro da tagliarti per mandare un pensierino al tuo dolce maritino» ridacchia insieme al suo scagnozzo. «Ma che maleducato! Non mi sono nemmeno presentato, lascia che faccia le cose per bene, mia cara principessina: sono Brody, Presidente dei *Ghosts*, Club MC di San Francisco» conclude, facendo un inchino sarcastico.

Almeno adesso una delle mie teorie ha trovato conferma.

Non so come, ma ho la certezza che le ricerche di Frank inizieranno proprio da loro. E non posso che esserne grata, perché questo tipo continua a rivolgermi occhiate che lasciano ben poco all'immaginazione e preferisco farmi ammazzare piuttosto che lasciargli ottenere quello che vuole.

Ti prego, Frank, fa' presto.

Questa speranza mi travolge dal nulla e un po' mi sconvolge, perché sono sempre stata una persona indipendente, pronta a lottare per la propria autonomia.

Nonostante io sia molto protettiva nei confronti di mia sorella, mi sono sempre sentita "un'isola", una di quelle persone che basta a se stessa e non ha bisogno di nessun altro per vivere bene e appagata.

Eppure, Frank si è insinuato sotto la mia pelle, scavando sotto le costole fino ad arrivare al mio cuore per ricavarsi un posticino inviolabile proprio lì.

Sapevo già di essere attratta da lui, di essermi innamorata della sua personalità complessa, dei suoi occhi di ghiaccio e di quel sorriso assassino, ma questo è tutto un altro livello.

È diventato indispensabile, come l'ossigeno per respirare.

Uno schiocco di dita davanti ai miei occhi mi riporta al presente distogliendomi dalle mie riflessioni pericolose.

«Sei sorda per caso?» Brody si è accovacciato sulle ginocchia a pochi centimetri dal mio viso e non sembra per niente contento della mia scarsa attenzione.

Riporto lo sguardo su di lui, ma ancora non apro bocca.

Non lo vedo nemmeno sollevare la mano o tirare indietro il braccio, ma la sua mano aperta atterra con un tonfo violento sulla mia guancia e sento la mascella scricchiolare per il colpo.

Stronzo, penso, ma mi taglierei la lingua piuttosto che dargli la soddisfazione di rivolgergli la parola.

Fanculo, se devo morire qui e oggi, tanto vale tenermi ben stretta la mia dignità.

«Oh, capisco. Sei una stronzetta che vuole fare la dura, eh? Voglio proprio vedere se terrai la bocca chiusa mentre io e i miei uomini ci divertiremo in mezzo alle tue cosce» minaccia, scoppiando a ridere insieme al suo scagnozzo e voltandosi leggermente verso di lui. «Josh, prendi un paio di ragazze e fai preparare questa stronzetta per la serata che l'aspetta. Avvisa gli altri in casa di non andarsi a rinchiudere in camera con le loro puttane: stasera abbiamo un'ospite importante da soddisfare e le daremo una lezione che non si scorderà più» ordina all'altro tizio, che saltella verso la porta, nemmeno gli avessero annunciato la miglior notizia della sua vita.

Brody torna a rivolgersi a me, perché non ha ancora finito con le minacce e deve essere il tipo di persona che si diverte nel distruggere gli altri anche a livello psicologico.

Sadico figlio di puttana.

«Principessina, ti farò dare una ripulita e ti farò indossare qualcosa che ti renderà una femmina vera, perché io e i miei uomini vogliamo solo prima qualità» sbuffa una risata e prosegue. «Ti dico quello che accadrà, perché voglio che tu sia preparata, principessa. Se ti ostinerai a non parlare, a non collaborare e a non apprezzare la nostra ospitalità, ti scoperemo a turno, a sangue e in ogni cazzo di buco che hai e se ti ostinerai a non urlare, ricominceremo da capo e con più forza, e solo quando sarai un guscio pieno solo del nostro sperma, comincerò a tagliarti un dito alla volta, magari anche un orecchio. Aspetterò l'arrivo di tuo marito con l'uccello affondato nel tuo culo e quando arriverà, verrò di brutto mentre ti spappolo il cervello davanti ai suoi occhi. E poi ucciderò anche lui, ovvio» sbuffa e, quando si alza in piedi, non posso fare a meno di notare l'erezione evidente nascosta nei pantaloni.

Che Dio mi aiuti, tutta la scena che ha descritto lo ha eccitato davvero. Ha *davvero* intenzione di fare tutto quelle porcherie e, a quel punto, succede.

Mi risale un conato di vomito che nemmeno sforzandomi potrei soffocare e lui assume un'espressione vittoriosa.

Scatta in avanti e infilandomi una mano tra i capelli, li tira con forza, fino a tirarne via qualcuno.

«Che c'è, principessa? Non dirmi che non ti piace il programma per la serata? O magari vuoi un'anticipazione, eh?»

Mi strattona in avanti la testa finché la mia guancia è spinta con forza contro la sua erezione e la cerniera dei jeans mi graffia la pelle. Puzza di tabacco e urina e mi sfugge un altro conato.

Comincia a muovermi la testa avanti e indietro contro la stoffa rigida e tesa: si sta masturbando con la mia testa e la sensazione di ribrezzo raggiunge il picco dell'intensità. Potrei vomitargli addosso tutta la repulsione che questa situazione mi provoca.

«Ti piace, vero, principessa? Peccato che tu sia un tipetto combattivo e non mi fido a mettertelo in bocca, dovrò aspettare che tu sia priva di forze, o magari potrei cavarti i denti» ride da solo di quella che spero non sia altro che una battuta di pessimo gusto e continua il movimento con forza crescente.

Sento un bruciore alla guancia e credo che la pelle si sia lacerata, ma poco importa, quest'animale non ha intenzione di fermarsi.

I suoi movimenti si fanno frenetici mentre il suo respiro accelera e comincia ad ansimare. Non posso crederci, è sul punto di venire. Quest'uomo, se tale posso definirlo, è davvero un pervertito.

Di colpo, mi tira indietro la testa e con la mano libera si apre la patta dei jeans, facendoli scendere fino a metà coscia.

Oddio, no. Non può farmi questo. Frank, dove sei? Che qualcuno mi aiuti, prego in silenzio che non si accanisca su di me violandomi la bocca.

Inizio a tremare per lo sconcerto e il terrore mi attanaglia lo stomaco.

«Sì, cazzo, così» borbotta, ma non mi guarda nemmeno, perso nell'eccitazione malata di questo contatto che sto odiando con tutta me stessa, con la mano libera si pompa con foga l'erezione mentre grugnisce parole incomprensibili.

Uno, due, tre movimenti bruschi e poi mi viene addosso, chiudo con forza gli occhi, non prima che una goccia di sperma mi finisca in un occhio e bruci da morire, continua a imbrattarmi il viso, del liquido mi colpisce la guancia ferita e il bruciore che provo si intensifica.

Quando non sento più i fiotti caldi sul viso, non ho il coraggio di aprire gli occhi, ma lui ridacchia divertito.

«Fanculo, sei ancora più bella, così. Il mio sperma ti dona, stronzetta, e non ti azzardare a pulirti o ti taglio una mano, hai capito?» mi minaccia, liberandomi i capelli per darsi una sistemata.

Vorrei rannicchiarmi in un angolo, ripulirmi usando qualcosa, anche i vestiti che indosso, ma non oso muovermi, respiro a stento, vorrei essere invisibile, vorrei che si dimenticasse della mia presenza.

Rimango immobile, in attesa, e, nonostante mi senta ancor più vulnerabile ed esposta tenendo gli occhi chiusi, non mi azzardo a sbirciare cosa mi succede intorno.

Solo quando sento la pesante porta di legno cigolare per

aprirsi e poi richiudersi, uso la camicetta che indosso per tamponarmi almeno gli occhi e alleviare il bruciore.

La disperazione mi invade e il terrore mi attanaglia il petto, mi sento sporca e temo che nemmeno liberarmi della mia stessa pelle potrà mai farmi sentire di nuovo pulita.

Scoppio a piangere e il vomito mi risale in gola e non posso fare niente per trattenerlo, lo riverso a getti sul pavimento cercando di liberarmi della sensazione di ribrezzo che mi sta soffocando, e rigetto finché nel mio stomaco non rimane più niente.

Sono sporca di fango, vomito e sperma e sento il sangue scorrere lento dal taglio sulla guancia.

Sono consapevole, però, del fatto che questa non sia nemmeno la cosa peggiore che mi capiterà se resterò qui ancora a lungo e, ancora una volta, la mia anima e il mio cuore invocano in silenzio l'unica persona che potrebbe davvero salvarmi prima che sia troppo tardi.

Frank, dove sei?

CAPITOLO TRENTADUE

FRANK

Sei ore, ventiquattro minuti e trentacinque secondi che non so che fine abbia fatto mia moglie.

Per i miei gusti, sei ore, ventiquattro minuti e trentacinque secondi di troppo.

Sono tornato in ufficio allo *Stark* e Alex era già qui. Messe da parte le vicende personali, siamo del tutto concentrati sulla missione: ritrovare Isabella prima possibile.

All'inizio, Alex continuava a blaterare che non potevamo dare per scontato che non si trattasse di allontanamento volontario: in parole povere, suggeriva che mia moglie fosse scappata.

Credo che oggi a quel coglione del mio migliore amico sia venuta un'insana voglia di morire e, considerata la mia irrefrenabile voglia di strozzarlo, ci è andato molto vicino.

Si è salvato solo per l'arrivo di alcuni dei miei uomini che, dopo poco più di mezz'ora, hanno rintracciato Joe, la guardia che era stata assegnata a Isabella: crivellato di colpi accanto al SUV blindato, a poca distanza da casa nostra.

Nessun video di sorveglianza, né del traffico stradale che spieghi cosa cazzo è successo, ma né io, e adesso nemmeno Alex, pensiamo che Isa potrebbe mai fare del male a qualcuno pur di allontanarsi.

Non solo perché la mia bambolina è talmente furba che troverebbe il modo di svignarsela senza far del male a nessuno, ma anche perché non sfogherebbe la sua rabbia con qualcuno che non la merita.

E poi, quel muscolo che pensavo fosse putrefatto in mezzo al mio petto vuole a tutti i costi aggrapparsi alla convinzione che, nonostante Isa sia incazzata nera con me per la "questione Alex", non mi lascerebbe in questo modo, perché c'è qualcosa tra noi.

Qualcosa di bello, di puro, di totalizzante.

Cazzo, ha detto che mi ama.

E io, da emerito coglione, non ho avuto le palle di dirle ciò che provo nei suoi confronti. Mi sono quasi paralizzato quando mi ha parlato a cuore aperto di ciò che prova per me.

Come può una donna talmente meravigliosa provare qualcosa del genere per un mostro come me?

Stai concentrato, mi rimprovero e torno a concentrarmi sull'ipotesi più probabile: Alex sostiene che si tratti dei

Ghosts, i *bikers* con cui continuiamo ad avere problemi, che rapire Isabella sia il loro modo di farmi capire che possono arrivare a me e a coloro che amo, che possono tenermi in pugno e, soprattutto, che possono piegarmi a fare qualsiasi cosa vogliano. *Illusi. Gelerà l'inferno prima che io mi pieghi a qualcuno.*

Ho messo sul campo tutti i miei uomini, che stanno già ricevendo appoggio da remoto da parte di Romeo.

Troverò mia moglie, su questo non ho dubbi. Spero solo di arrivare in tempo.

***

«Obiettivo confermato» comunica Matt tramite radio. Alex mi lancia un'occhiata e mi rivolge un breve cenno.

Siamo a un centinaio di metri da un capanno sperduto tra le montagne: secondo le ricerche di Romeo, questo dovrebbe essere il loro quartier generale.

Non so come il mio amico sia risalito a questo posto in così poco tempo, ma è l'ennesima conferma del fottuto genio dei computer che è. *Non che avessi dubbi in proposito.*

A pochi metri dall'edificio che questi stronzi usano come ritrovo, pensando di essere al sicuro da ogni minaccia, ignari che io e i miei uomini ci stiamo preparando a stanarli e sterminarli, mi preparo mentalmente al massacro che avverrà tra poco.

Nessuno di quegli stronzi uscirà vivo da lì dentro.

Con le tenuta da combattimento che indossiamo, potremmo rivaleggiare senza troppo sforzo con una squadra della S.W.A.T pronta a un'incursione.

I binocoli potenziati a infrarossi hanno confermato il numero di guardie che stazionano fuori dal capannone e sono pronto a scommettere tutto ciò che ho che Isa sia tenuta proprio lì dentro.

Percepisco la furia ribollire appena sotto la superficie, ma devo attendere che i miei uomini, una quindicina in tutto, raggiungano la posizione per avere almeno una conta alla buona dei nemici all'interno e del tipo di armi che usano: maggiori saranno le nostre informazioni, maggiori saranno le probabilità di successo senza eccessivo spargimento di sangue, almeno da parte nostra.

Questi tizi non sono dei professionisti ed è un elemento che va a nostro vantaggio, ma si sono dimostrati imprevedibili una volta di più e ciò li ha condannati al macabro destino che li attende all'orizzonte.

In che condizioni avrei trovato Isabella? L'avevano picchiata, l'avevano toccata? E se fosse stato troppo tardi? *Dio, no.*

Mi rifiutavo di pensare che non avrei più visto quel sorriso o quegli occhi magnetici. L'avrei riportata a casa, mi sarei occupato di ogni maledetta ferita e l'avremmo superata insieme.

Non c'erano alternative ammissibili.

La mia bambolina sarebbe stata bene, perché aveva una forza interiore che ammiravo e amavo. Tanto quanto amavo la sua sagacia, la sua testardaggine, il feroce senso di protezione che sfoderava nei confronti di coloro a cui teneva, la dolcezza quando lasciava cadere la corazza, il modo in cui il suo corpo si modellava al mio.

L'avrei trovata e riportata a casa con me. Punto.

Poi, mi ci sarei incazzato di brutto per essere uscita con una sola guardia, per non avermi risposto al telefono tutto il giorno, chiudendomi fuori dai suoi pensieri, privandomi delle sue parole.

Avrei preferito litigare ogni giorno piuttosto che quel maledetto muro che aveva messo tra noi quando aveva saputo di Alex e Mariella. Un'altra situazione di cui mi sarei occupato una volta per tutte.

Un passo alla volta, Frank.

Mi accorgo dell'occhiata di Alex che cerca di attirare la mia attenzione senza dire una parola e torno al presente.

«Aggiornatemi» ordino, ritrovando la concentrazione e focalizzando tutta la mia attenzione su ciò che ci aspetta una volta abbandonate le posizioni.

«Sei uomini all'esterno: due a ogni uscita e due che girano intorno all'edificio. All'interno, ne abbiamo individuati almeno cinque, ma potrebbero essercene altri» spiega Alex.

Rifletto rapido ed espongo il piano tramite radio ai miei uomini.

«D'accordo. Io e Alex prendiamo l'ingresso a sud, Sam e Mike quello a nord. Matt, tu e Manny vi occupate delle due mine vaganti e di tutti coloro che escono da lì appena faremo breccia. Tutti gli altri, copriteci finché arriviamo al capannone; dopodiché, occupatevi dell'assalto alla sede principale: stanotte non si fanno prigionieri. Stanotte, dimostriamo a questi stronzi chi siamo e cosa succede a chi prova a fotterci» concludo e sento i grugniti di approvazione dei miei uomini pronti alla carica.

Prima di andare, Alex mi ferma con una mano sulla spalla.

«Amico...» e mi basta guardarlo negli occhi per capire tutto ciò che vorrebbe dirmi, ma per cui non abbiamo il tempo.

«Lo so» gli stringo l'altra spalla e il mio sguardo gli comunica quello che ho bisogno che sappia. Potremo litigare e ammazzarci di botte, ma lui è, e resterà sempre, mio fratello e mi guarda le spalle, a qualsiasi costo. Il sentimento è reciproco, potrò minacciarlo di morte, ma darei un braccio per lui. «Andiamo.»

Tenendoci bassi sul terreno, scattiamo in direzione del capannone, veloci come dei fulmini, sfruttando la copertura degli alberi per nasconderci dalla visuale delle due guardie. Quando siamo abbastanza vicini, io e Alex prendiamo la mira e al mio tre, le guardie cadono a terra con un tonfo sordo e un foro in mezzo agli occhi. Nemmeno un rumore. *Perfetto!*

A quel punto, scivoliamo nell'oscurità e arriviamo all'ingresso sud del capannone.

«Io e Alex siamo pronti all'ingresso sud. Sam, Mike, confermate la vostra posizione» ordino tramite radio.

«In posizione all'ingresso nord, Boss» conferma Sam.

«Mina vagante uno a terra» comunica Matt subito dopo. Un attimo di pausa. «Mina vagante due a terra. Fuori tutto libero, Boss» conferma il nostro cecchino.

Senza esitare un momento di più, entriamo e prima che questi stronzi si rendano conto di cosa sta succedendo e possano reagire, ne facciamo fuori uno a testa, ma c'è ancora movimento, proprio come avevamo previsto. Urla, spari e una sirena d'allarme squarciano la notte, mentre cerchiamo riparo e i prossimi obiettivi.

«Quattro stronzi a terra, ce ne sono almeno altri due» comunico a Matt, che continua a supervisionare la situazione dall'esterno.

«Ricevuto, Boss. L'incursione nella sede centrale è già iniziata e stanno andando giù come birilli. Aggiornamento tra due minuti» replica con una calma stupefacente. Immagino che il suo passato nelle forze speciali della Marina gli torni davvero utile in situazioni come questa.

Chiudo la comunicazione e rivolgo uno sguardo d'intesa a Alex che annuisce e comincia a fare fuoco, Mike e Sam lo imitano e io, restando basso sul terreno, cerco di avanzare approfittando della loro copertura.

L'odore di selvatico e urina è così forte da essere quasi soffocante, ma non mi lascerò distrarre da questo.

Avanzando, mi accorgo che uno degli stronzi è talmente allo scoperto che quasi mi viene da ridere, ma non perdo tempo, prendo la mira e lo centro in mezzo agli occhi. Qualche minuto e parecchi colpi dopo, il trambusto si placa e sono quasi sicuro che li abbiamo fatti fuori tutti.

«Tutti bene?» domando e ai grugniti affermativi dei miei uomini, avanzo verso quello che mi sembra un ufficio nella parte posteriore del magazzino. «Isa?» chiamo a gran voce.

Silenzio.

«Isa, sei qui?»

Ancora silenzio.

Sento la gola serrarsi, ma non voglio saltare a conclusioni affrettate che mi farebbero perdere calma e lucidità. *Non avrebbero messo tutti quegli uomini a guardia di un magazzino vuoto, no?* Cerco di ragionare per non perdere la ragione.

«Isa!» chiamo ancora, a un passo dalla porta. Sento il sudore imperlarmi la nuca, l'ansia serrarmi il petto, ma non posso fermarmi adesso.

Alex mi affianca, pronto ad andare per primo, ma scuoto di pochissimo il capo. Devo vedere con i miei occhi cosa c'è qui dentro.

Con i miei uomini a coprirmi le spalle, spalanco la porta e resto senza fiato.

Infangata, livida, con le mani legate e gli occhi iniettati di sangue, eppure bellissima, Isa è in piedi al centro del piccolo ufficio quasi vuoto. Una scrivania che ha visto tempi migliori, un paio di librerie con i ripiani storti, un televisore con più anni di me, una finestra dal vetro lurido al punto da essere quasi opaco alle sue spalle.

Sento Alex bisbigliare qualcosa alla radio, ma non riesco a capirlo, perché non sento altro che il martellare frenetico del mio cuore, mentre guardo Isabella, *mia moglie*, la mia meravigliosa donna, con una pistola puntata alla tempia e quel viscido bastardo di Josh, il Vice di questo Chapter MC, che dopo questa notte non esisterà più. *Fosse l'ultima cosa che faccio.*

«Se fai un altro passo, Mancuso, faccio saltare il cervello a questa stronzetta» minaccia e, che Dio mi aiuti, invece di trovare terrore negli occhi verdi di Isa, vedo solo un incendio di rabbia che divampa feroce. Per sottolineare il concetto, quel viscido le passa la mano libera sul fianco e sale fino a strizzarle un seno.

Lei fa una smorfia di dolore, ma non gli concede alcun lamento, cerca di districarsi dalla sua presa, invano. «Non osare toccarmi, brutto maiale pezzo di merda» lo fredda con un'occhiata gelida che smuove un moto d'orgoglio nel mio petto e qualcos'altro nei miei pantaloni. *Lo so che non è il momento, ma quanto cazzo mi eccitano gli artigli della mia bambolina.*

«Isa» la chiamo, perché ho bisogno che capisca che sono qui per lei, che sono pronto a tutto per fare in modo che lei ne esca illesa, anche a non uscirne vivo se significasse sapere lei al sicuro.

Quando i suoi occhi incontrano i miei, so che comprende alla perfezione cosa sto pensando e cosa voglio farle capire e resto, ancora una volta, basito quando muove in modo impercettibile la testa a destra e sinistra.

Giuro che non ho mai incontrato nessuno di così testardo e sempre pronto a sfidare ogni mia stramaledetta decisione. Se fossi uscito da qui, avrei fatto in modo che capisse chi portava i pantaloni. *E avrei dovuto trovare il modo di non farle capire che mi teneva per le palle.*

Riporto lo sguardo sullo stronzo che le alita sul collo. «Lascia andare mia moglie, la questione è tra me e te. O hai troppa paura di ciò che ti farò?» schernisco Josh, cercando di distogliere la sua attenzione da Isa.

«Spiacente, stronzo. Brody mi ha dato ordini precisi e nessuno di voi uscirà da qui, ma questo non significa che prima non ti obbligherò a guardare mentre mi scopo questa troietta» ribatte con un ghigno di perversa eccitazione che mi fa ribollire la bile nello stomaco.

Non posso permettere alle emozioni di prendere il sopravvento. L'unica cosa che la farà uscire di qui sana e salva è la razionalità e la lucida pianificazione di come farò a pezzi il maledetto figlio di puttana che ho di fronte a me. Lo avrei smembrato pezzo dopo pezzo e avrei goduto di ogni attimo.

Tipi come lui si credono invincibili finché hanno in mano un'arma e uno scudo, ma la necessità di nascondersi dietro a un corpo indifeso e disarmato indica la sua codardia e l'intrinseca paura dello scontro, perché se si fosse arrivati a tanto la sua incapacità lo avrebbe attanagliato rendendolo un viscido e inerme pezzo di merda che avrei schiacciato senza alcuno scrupolo.

Registro in sottofondo la brusca inspirazione di Isabella e intuisco che ha letto ogni mio pensiero. *Fanculo, se fossi uscito vivo da questo inferno, avrei anche dovuto capire come diavolo faceva a leggere sempre oltre la mia maschera.*

«Matt non ha un tiro pulito» mormora Alex al mio fianco, la voce talmente bassa che persino io fatico a sentirlo.

Poco male, toccherà a me abbattere questo stronzo.

Sono sull'uscio, questo significa che blocco la

traiettoria dei miei uomini, e Matt non ha un tiro pulito, devo riflettere con attenzione per decidere come procedere.

«Ti suggerisco di riflettere con attenzione sulle mie parole, non sono abituato a ripetermi» gli dico con voce ferma, all'esterno sembro un maledetto iceberg, ma dentro di me infuria una tempesta. «Non uscirai di qui, è evidente. La domanda è: come vuoi andartene?»

Gli occhi del bastardo guizzano verso di me per un attimo, ma mi basta per vedere la paura. Il sudore gli imperla la fronte, gli occhi scattano in tutte le direzioni: sta perdendo il controllo, e questo lo rende ancor più pericoloso. *Devo sbrigarmi, devo farlo crollare.*

«Questa è la tua ultima possibilità per ottenere una morte veloce e indolore» faccio una pausa per fargli cogliere la serietà delle mie intenzioni, ma lui è troppo su di giri per rendersene davvero conto.

«Sì, certo. Ti credo, amico. Peccato che ti abbiamo in pugno finché questa troietta sarà in nostra compagnia e il capo ha tutte le intenzioni di divertirsi insieme a lei» ghigna con cattiveria.

All'improvviso, Isa inizia a ridacchiare come se qualcuno le avesse raccontato la barzelletta più divertente del mondo.

Ma che cazzo?

«Andiamo, grand'uomo» lo stuzzica, «fa' vedere quanto sei *maschio*, perché, vedi, nascondendoti dietro a una donna come stai facendo in questo momento, non sembri affatto un vero duro» sbuffa con derisione.

So cosa sta facendo, ed è un gioco molto pericoloso, che non mi piace per niente.

La tattica della provocazione per fargli abbassare la guardia è intelligente, ma presenta rischi troppo alti, soprattutto quando la donna che amo ha una fottuta pistola puntata alla tempia.

«Taci, stronzetta. O non ti è bastato giocare con Brody? Ne vuoi ancora, eh? Sapevo che ti era piaciuto» sghignazza, lanciandomi un'occhiata provocatoria.

Vuole aizzare la mia furia, farmi perdere il controllo e la lucidità, peccato che questo stronzo non abbia ancora capito con chi ha a che fare.

«Piaciuto cosa? Il vostro ego smisurato? Mi pare evidente che sia per compensare qualcos'altro» ride amara.

«Brutta troia, adesso vedremo se ho qualcosa da compensare mentre ti fotterò a sangue davanti a tuo marito» le ringhia all'orecchio prima di leccarle la guancia, mentre la strattona con violenza.

«Cazzo, ma da quanti mesi non ti lavi quella fogna? Non toccarmi, non voglio prendermi il colera.» Isa si scosta con un'espressione di ribrezzo. Sembra imperturbabile, ma anch'io riesco a vedere oltre la *sua* maschera.

E, in questo momento, quando lui si sente punto nell'orgoglio e forse dimentica per un attimo che quattro uomini in questa stanza sono pronti a farlo fuori, mi regala l'opportunità perfetta per ammazzarlo a sangue freddo.

La fa voltare per spingerla contro la scrivania, allontanandola da sé, dalla linea di tiro ed è questione di un attimo: non penso, agisco e basta, sfruttando le infinite ore di addestramento al poligono.

Sollevo l'arma, prendo la mira e tiro il grilletto e, un momento dopo, la testa dello stronzo scatta all'indietro, mentre una chiazza rossa si allarga sulla parete alle sue spalle: l'ho centrato in mezzo agli occhi.

Nessuno scrupolo, nessuna pietà.

«Colpo perfetto, Boss» commenta eccitato Matt alla radio, mentre Alex si affretta a controllare che sia morto, ma la mia attenzione è tutta sulla donna che si è rannicchiata in un angolo e mi basta uno sguardo ad Alex per liberare la stanza.

La mia bambolina ha bisogno di un attimo e non ho intenzione di permettere a nessuno di vederla nel suo momento di maggior vulnerabilità.

Tiene lo sguardo basso e, anche se non piange, so che è sul punto di crollare, di cedere alla paura. Allora, vorrei solo che lo facesse addosso a me, stretta tra le mie braccia.

Quante cose vorrei dirle, ma non è il luogo né il momento adatto.

Adesso, voglio solo riportarla a casa, farla visitare dal nostro medico, e respirare tra i suoi capelli per rassicurarmi che è ancora viva, che è ancora con me, che ho un'altra occasione per non comportarmi da completo coglione.

«Torniamo a casa» le dico, senza muovermi, allungando soltanto una mano verso di lei.

E aspetto.

Aspetto che mi guardi, che capisca che questa brutta storia è finita, che si renda conto che possiamo tornare a casa, insieme.

Quando alza lo sguardo e mi rivolge un breve sorriso, una scossa mi percorre e quasi mi scoppia il cuore.

Si alza in piedi e fa un passo verso di me, e non aspetto più.

Scatto in avanti per liberarle le mani dalla corda e, sbattendomela addosso, la stringo al mio petto e invio all'universo la silenziosa preghiera di non dovermi mai più trovare in una situazione simile.

***

«Ho avuto tanta paura di perderti, bambolina» le dico stringendola tra le braccia, vorrei poterla tenere per sempre contro il mio petto.

Sono passate circa quarantott'ore da quando ho rischiato di perdere per sempre mia moglie, la donna che mi ha fatto capire quanto l'amore possa cambiarci, mi ha reso più consapevole di ciò che conta davvero e ho giurato a me stesso di non nasconderle più i miei sentimenti.

Certo, non sono l'uomo più espansivo o romantico del pianeta, ma sono pronto a sfidare i miei limiti per farle capire che per me niente conta quanto lei, nemmeno il mio fottuto Regno.

«Anch'io, Frank, ho pregato con tutto il cuore che arrivassi, e sei arrivato prima che fosse troppo tardi» rabbrividisce e intreccia le nostre dita, prima di accoccolarsi di più a me su questo letto che nelle ultime ore è diventato la nostra bolla fuori dal mondo.

Isabella non vuole parlare di cosa è successo prima che arrivassimo, ma so che dev'essere stata un'esperienza terribile e traumatica, ed è l'unico motivo per cui non insisto a farla parlare e raccontarmi ogni maledetto dettaglio.

Vorrei ammazzare quei bastardi da capo, solo per farli soffrire di più e più a lungo, cazzo.

L'unica nota dolente dell'intera operazione è la fuga di Brody, ma siamo già sulle sue tracce.

Di quei pochi che sono sopravvissuti, invece, se ne stanno occupando i miei uomini, in coordinazione con Leonardo e Romeo per indagare sulle informazioni che riescono a cavargli prima di cancellarli in via definitiva dalla faccia della Terra.

Per la prima volta nella mia vita, non sono attirato da una sana sessione di tortura, forse perché sto ancora facendo i conti con il senso di colpa che provo per aver lasciato che accadesse un trauma del genere a mia moglie.

Mi porto la sua mano alle labbra e ne bacio le nocche.

«Bambolina, potrai mai perdonarmi?» le domando occhi negli occhi. «Giuro sulla mia vita che non permetterò mai più che ti accada qualcosa.» Questo è il mio voto nei suoi confronti e mantengo il suo sguardo per farle capire che sono maledettamente serio.

«Frank, non ho nulla da perdonarti. Sei arrivato in tempo, questo è più che sufficiente» replica, ma nel suo sguardo vedo una luce spaventata che mi schiaccia il petto, mi toglie il fiato e rischia di soffocarmi.

«Isa, se vuoi parlarne» inarco un sopracciglio quando fa per interrompermi, «quando e se ti sentirai pronta, e anche se non vorrai farlo con me, potremmo prendere appuntamento da una specialista.» Mi sono informato, ho letto che la psicoterapia può essere molto utile per elaborare e superare esperienze traumatiche come quella che ha vissuto lei.

«Non ho bisogno di parlarne con nessuno, mi basta essere qui con te. Tu mi fai sentire al sicuro, protetta.» Le bastano poche parole per disarmarmi, e sarei pronto a mettermi in ginocchio.

All'improvviso, smetto di pensare in modo razionale e faccio solo ciò che sento.

Mi stacco piano da lei, ma continuo a tenerle la mano e scivolo giù dal letto, fermandomi su un ginocchio.

Quando incontro il suo sguardo, lei spalanca gli occhi e si porta la mano libera alla bocca.

«Che stai facendo, Frank?» mi domanda, ma ha già capito tutto.

È sempre stato così con lei. Mi legge dentro come nessuno è mai riuscito a fare.

«Isabella Rizzo, sei la persona più importante della mia vita e non posso vivere senza di te. Mi faresti l'onore di essere mia moglie?» le chiedo per la prima volta.

Le cedo il controllo, le do la possibilità di scegliere noi, le metto il mio cuore tra le mani, piccole e delicate, ma dotate di artigli, e so che potrebbe uccidermi se volesse.

Si prende il suo tempo, mi osserva e scruta ogni dettaglio del mio viso, mentre io trattengo il fiato.

Quando penso di essere sul punto di tirare le cuoia, sorride dolcemente e si china verso di me, un attimo dopo mi mormora sulle labbra: «Sì, sì, mille volte sì.»

CAPITOLO
TRENTATRÉ

Tre mesi dopo

FRANK

Con i polpastrelli percorro il profilo della colonna vertebrale della dea che dorme soddisfatta, e soprattutto nuda, nel nostro letto. La osservo dormire da un po', con i capelli sparsi sul cuscino e le labbra un po' imbronciate.

È bellissima, anche se negli ultimi tempi vedo la preoccupazione incisa nei suoi lineamenti in ogni momento di veglia.

Mariella non torna a casa da quando è partita, il Natale

è alle porte, ma lei non ha ancora fatto sapere alla sua famiglia cosa intende fare in occasione delle festività, inutile dire che Isa ha i nervi a fior di pelle.

Ed è una cosa che non mi piace, proprio per niente.

Vorrei intervenire e cambiare la situazione, ma mia moglie mi ha fatto promettere di non fare nulla. La mia bambolina ha capito in fretta che quando usa la bocca su di me, potrei prometterle persino la luna. *Dio, se solo ripenso a ieri sera...*

Lo squillo improvviso del telefono mi distoglie da quei piacevoli ricordi erotici e mi affretto a rispondere per non svegliarla.

«Che vuoi?» rispondo brusco.

«Ti sei svegliato con le palle girate?» domanda sarcastico Alex.

«No, in realtà, mi sono svegliato in pace con il mondo, ma mi si sono attorcigliate appena ho letto il tuo nome sullo schermo» ribatto. *Ultimamente, è diventato davvero un rompipalle.*

«Allora?» domanda impaziente.

«Allora cosa?» fingo di non capire, perché infastidirlo un po' mi diverte.

«Non fare lo stronzo» replica piccato.

Ridacchio, perché non posso farne a meno: il mio migliore amico, un duro senza cuore da quando lo conosco, uno che in ventiquattro anni di vita non è mai andato a letto due volte con la stessa donna, è diventato una mezza fighetta piagnucolosa da quando, tre mesi fa, mia cognata ha preso un aereo di sola andata per Parigi.

«Che hai fatto ieri sera?» chiedo, perché mi è stato riferito che va allo *Stark* sempre più di rado, e la cosa inizia a impensierirmi.

«Non sono cazzi tuoi» la sua brusca risposta è quasi

immediata.

«Scopi troppo poco, amico» lo incalzo.

«Perché non parliamo delle tue di scopate?» ribatte.

«Alex» lo ammonisco, ma sa benissimo che perdo la testa quando si parla di Isa. Ed è proprio il motivo per cui mi provoca.

«Fanculo, smettila di farla tanto lunga. Dimmi quello che voglio sapere e torna da tua moglie.» È bravo a dissimulare, ma colgo una nota di amarezza nella sua voce.

«Non sappiamo ancora nulla» concedo alla fine.

«Cazzo» commenta e, dopo un attimo di silenzio, riaggancia.

Guardo il telefono accigliato e sospiro a fondo, perché ho la netta sensazione che questa situazione non farà che complicarsi e non ho la più pallida idea di come reagirà mia moglie.

In automatico, i miei occhi si spostano sul suo viso e mi scontro con due smeraldi pieni di amore e un pizzico di preoccupazione costante.

«Va tutto bene?» mi domanda, rotolando su un fianco e fermandosi di fronte a me.

«Certo, bambolina» la rassicuro. «E voi?» chiedo.

Finalmente, sul suo viso si apre un sorriso raggiante e di pura gioia.

«Io e *fagiolino* stiamo benissimo e la nausea sembra non essersi ancora risvegliata; perciò, direi che è davvero un buon giorno» ridacchia portandosi una mano sulla pancia.

Da circa sei settimane, sappiamo che il meraviglioso corpo della mia bambolina custodisce un prezioso tesoro, ma non l'abbiamo ancora detto a nessuno.

Isa vuole che la prima a saperlo oltre a noi due sia

proprio Mariella. *Devo trovare un modo per farla tornare a casa, cazzo.*

Le accarezzo il ventre ancora piatto e mi stupisco una volta di più del miracolo che sta compiendo il suo corpo.

«Cosa devo fare, Frank?» sospira e non ho bisogno di chiederle a cosa si riferisca. «Mari mi è sembrata così distante al telefono l'ultima volta. Ho cercato di darle tempo per riprendersi dalla delusione con Alex, ma Natale si avvicina e ho la netta sensazione che troverà una scusa per non rientrare» mi dice con uno sguardo triste che vorrei cancellare all'istante.

«Bambolina, credimi, spero davvero che non sarà così, in modo che possiate trascorrere insieme le festività natalizie; è pur vero che tua sorella ha iniziato a seguire le lezioni in ritardo: magari ha degli esami da recuperare o, più semplicemente, vuole integrarsi con gli altri studenti. In Europa, hanno metodi e mole di studio diversi dai college americani» cerco di rassicurarla, chinandomi verso di lei per lasciarle baci leggeri sulla punta del naso.

«Ci credi davvero?» domanda, scrutandomi con attenzione.

No, nemmeno un po'. Credo che non voglia tornare per non affrontare Alex e tutto quello che è successo tra loro. E spero, con tutto il mio fottuto cuore, che non si sia invaghita di quello stronzo, perché "Giulietta e Romeo" al confronto sembrerebbe una favola della buonanotte.

«Certo» mento senza incontrare il suo sguardo, ma impegnandomi con tutte le mie forze a mantenere un'espressione neutra, perché so con quanta facilità riesca a vedere oltre le mie stronzate.

Sospira a fondo, ma non dice nulla. Non mi crede, o forse si sta impegnando a scegliere di credermi.

«La mia priorità siete voi, tu e il nostro bambino»

incontro il suo sguardo e lascio che legga la mia determinazione. «Se questo significa che per assicurarmi il tuo benessere, dovrò andare a prendere Mariella per riportarla di peso a San Francisco, non dubitare che lo farò.»

Le si riempiono gli occhi di lacrime, perché non c'è niente che vorrebbe più di stringere di nuovo sua sorella, ma Isabella ha una vera fissazione con il libero arbitrio.

«Non posso farlo, non voglio obbligarla a stare qui» ribatte, proprio come mi aspettavo.

«Diamole un po' di tempo» provo a mediare, e mi rendo conto una volta di più di quanto la mia bambolina mi abbia cambiato. «Ma se non dovesse tornare, ti assicuro che sarà qui per il parto» le prometto, osservandola con attenzione, per capire se ha compreso il significato nascosto nelle mie parole.

Va bene che sono cambiato, ma non così tanto.

Le sue labbra si schiudono, ma non dice nulla. Annuisce, e so che ha capito.

CAPITOLO TRENTAQUATTRO

Sei mesi dopo

ISABELLA

Mi accarezzo il ventre ormai prominente mentre osservo il mio corpo allo specchio, e sento un calcetto proprio nel punto in cui ho posato la mano: il mio bambino è pieno di energie anche di mattina presto, io un po' meno e, con l'avvicinarsi dell'estate, mi sento sempre più stanca e sonnolente.

Non sono nemmeno le otto del mattino, ma Frank è quasi pronto per uscire; di recente, infatti, trascorre sempre più tempo fuori casa.

All'inizio, pensavo fosse per l'apertura del nuovo ristorante: un progetto a cui Alex si è dedicato anima e corpo negli ultimi mesi, lasciandomi abbastanza impressionata, dal momento che non mi ha mai dato l'impressione di essere il tipo d'uomo in grado di portare avanti un progetto così importante. Ho ignorato le volte in cui Frank ha insinuato che sia lo sfogo che ha trovato per non pensare a Mariella.

Tuttavia, ho notato che Frank è sempre più teso, segno che qualcosa di grosso sta succedendo nell'organizzazione, ma ovviamente non mi dice nulla per non farmi preoccupare.

Immagino sia uno dei vantaggi di avere un marito iper-protettivo.

Mi squilla il telefono sul comodino e quando sposto lo sguardo in quel punto, intravedo il nome di Mariella sullo schermo, e quasi sobbalzo.

«Mari?» rispondo, afferrando in fretta il telefono, con il timore che mia sorella riagganci.

Negli ultimi tempi, è sempre più frettolosa durante le nostre chiacchierate e anche le sue e-mail sono diventate un appuntamento meno frequente: lei dice che è a causa degli esami che sta preparando all'università, ma il mio sesto senso di sorella maggiore sta fiutando bugie a non finire.

«Ciao Isa, come va?» mi domanda, come se non fossero passati dieci giorni dalla nostra ultima telefonata.

«Tutto bene, grazie. Io e Frank non abbiamo ancora trovato un punto d'incontro sul nome, ma per il resto procede tutto alla grande, e tu? Cosa mi racconti? Quando finirai gli esami? Quando pensi di tornare?» la tempesto di domande, nonostante mi fossi ripromessa di evitarlo.

Ridacchia. «Tranquilla, sorella, sono sicura che alla fine troverete un compromesso, è così che funzionano le coppie, no?» mi chiede, e noto una nota d'ironia che non capisco, ma prima che possa farle domande, continua. «Comunque, io sto abbastanza bene. Sono ancora sommersa dallo studio per i prossimi esami e ti chiamavo proprio per questo, in effetti» sospira.

Un brivido mi percorre la schiena, e non è dovuto alla mia nudità, quanto piuttosto alla paura di sapere cosa sta per dirmi.

«Ti ascolto» dico asciutta, perché mi sembra di avere la gola piena di sabbia.

«Nelle prossime due o tre settimane, sarò molto impegnata con un gruppo di studio, a cui non posso proprio mancare. Credo che non riusciremo a sentirci al telefono, ma proverò a scriverti più spesso tramite posta elettronica» mi spiega, mentre io perdo la capacità di articolare parole di senso compiuto. *Che diavolo sta succedendo a mia sorella?* «Devo proprio terminare questo saggio prima della pausa estiva e ho ancora tanto da—»

«Mari» la interrompo.

«Isa, scusami, ma ora devo proprio andare» finge di non sentire.

«Mari, hai intenzione di tornare per la pausa estiva?» le domando senza mezzi termini, perché devo sapere.

Silenzio.

«Mari, ci sei?» insisto, dopo essermi accertata che la linea non è caduta.

La sento sospirare a fondo.

«No, Isa, credo proprio che mi fermerò qui per la pausa estiva. Parigi è meravigliosa in questo periodo dell'anno e alcune mie compagne di corso mi hanno già proposto delle escursioni da fare in giro per la Francia. È un'occasione imperdibile» risponde tutto d'un fiato con voce allegra, e forse sarò diventata paranoica, ma non credo a una sola parola di ciò che ha detto.

«Capisco» cerco di dire, ma la mia voce si spezza.

«Isa, ti prego, non fare così» e anche la sua voce vacilla.

«Così come? Ho bisogno di te, da mesi ormai, ma tu sei dall'altra parte dell'Oceano. Sono quasi all'ottavo mese di gravidanza e volevo che fossi tu la prima a saperlo, ma non sei rientrata per Natale. E ho cercato di capirti, di capire la delusione sentimentale che stavi provando, perché anche se non ne parliamo, so che hai sofferto, e forse ancora soffri per Alex. Ma il parto si avvicina e vorrei averti vicina. Vorrei che fossi qui, che conoscessi tuo nipote. Cazzo, ho bisogno di te.» Le lacrime scorrono libere sul mio viso e non faccio nulla per nasconderle la mia disperazione.

«Vorrei dirti tutto, Isa, ma ancora non ci riesco. Ho bisogno di tempo, mi dispiace, vorrei esserti vicina, ma non posso. Proprio, non posso. Ti voglio bene» singhiozza e, senza darmi la possibilità di replicare, riaggancia.

Un rumore alla porta mi fa alzare lo sguardo e trovo mio marito con un'espressione dura sul viso. È arrabbiato.

«Non torna, Frank» gli dico tra le lacrime. «Mariella non torna nemmeno per la pausa estiva, cosa le succede? Sono incinta, ho bisogno di avere mia sorella vicino, vorrei condividere con lei questo fantastico periodo della mia vita, e invece non l'ho mai sentita tanto lontana» continuo singhiozzando.

In un paio di falcate, mi arriva addosso e mi stringe a sé, tenendomi in equilibrio in questo maremoto di tristezza e malinconia che mi travolge provocandomi un capogiro.

Tutto questo turbinio emotivo mi svuota delle già poche energie che ho, ma Frank mi accompagna senza sforzo al letto per farmi stendere.

Mi lascia un bacio delicato sulla fronte. «Bambolina, sta' tranquilla, tua sorella sarà qui per il parto» mi dice sicuro, e ricordo la promessa che mi ha fatto mesi fa.

E ho la certezza che, volente o nolente, Mariella tornerà a San Francisco.

Mi sento intontita e sul punto di addormentarmi, ma mi sembra di sentirlo parlare al telefono.

«Preparati, devi andare a Parigi» lo sento dire, ma non ho la forza di fare domande. Dopo una pausa, il suo tono si fa più duro. «E ricorda di tenere le mani a posto, sai già quali sarebbero le conseguenze.»

E io capisco, senza ombra di dubbio, chi c'è all'altro capo del telefono.

Un attimo dopo, sento di nuovo le sue labbra. «Ti amo, bambolina» mi dice tra un bacio e l'altro.

E io lascio andare la tensione che mi irrigidisce il corpo, mi rilasso al suo tocco, perché quest'uomo e il nostro amore sono l'unica certezza della mia vita. E so che, insieme, possiamo affrontare qualsiasi cosa ci attenda in futuro.

«Ti amo, Frank.»

EPILOGO

Una settimana dopo

FRANK

Questa giornata infernale sembra non finire mai.

Nel mio ufficio allo *Stark*, ho davanti decine di pagine di resoconti aziendali delle nostre attività e il planning dell'apertura del *Piccolo Amore*, il nuovo progetto di Alex.

Ma il diretto interessato, che dovrebbe essere qui a occuparsi di tutto insieme a me, è andato in silenzio radio due giorni fa, e la cosa sta iniziando a impensierirmi. Non è affatto un comportamento da lui.

Quanto tempo poteva richiedere volare a Parigi, ritrovare una ragazzina e riportare entrambi i loro culi a casa? Meno di quarantott'ore, ma no, pare che mia cognata si sia data alla macchia, e non vedo l'ora di sapere perché. *Mi sembra un atteggiamento un tantino esagerato per una cotta non ricambiata.*

O almeno, che lei crede non sia ricambiata. Ma non ci voglio pensare, ci manca solo un mal di testa a completare questa giornata.

E ora, il mio Secondo ha spento il telefono e non risponde ai miei messaggi, l'ultima volta che l'ho sentito risale a quando ha scoperto che Mariella aveva lasciato l'appartamento che l'organizzazione le aveva affittato, senza lasciare ulteriori recapiti.

Mi squilla il telefono e spero che sia Alex che si degna finalmente di farmi sapere che diavolo sta combinando, ma è il numero di Romeo, sulla linea sicura. *Forse ha scoperto qualcosa.*

Da mesi, ormai, stiamo cercando di rintracciare Brody dopo la sua fuga, ma tutte le piste che abbiamo seguito si sono rivelate buchi nell'acqua.

«Mancuso» rispondo al terzo squillo.

«Amico, ho novità» taglia corto e incrocio le dita affinché abbia tra le mani una pista valida.

«Dimmi tutto, amico.»

«Ho trovato Brody, ma non ti piacerà.»

«Spara» replico secco.

«L'ho rintracciato in Messico, si rifugia nel territorio del Cartello Ramirez» rivela.

Merda.

Il Cartello Ramirez è uno dei più grandi e spietati cartelli messicani, gente che tortura per divertimento, che smembra per passione. Non proprio gente che voglio sul mio territorio, di certo non alla vigilia della nascita di mio figlio.

«Ne sei certo?» domando, ma conosco già la risposta.

«È una settimana che sorveglio il loro covo e lui è libero di andare e venire, ha un conto nella banca controllata da loro, ricevendo compensi mensili, e fa visite regolari nei bordelli controllati dal cartello; la mia ipotesi è che lavori per loro, forse da sempre» afferma, riferendosi al carico di armi che abbiamo intercettato mesi fa. «Il problema è che pare stiano reclutando uomini, che sappiano parlare *inglese*» sottolinea e il quadro comincia a delinearsi. «Ho controllato alcune delle nuove reclute: hanno zii e parenti sparsi in California e nella zona di Portland» quasi ringhia sul finale.

Portland è molto vicina a Seattle e rientra nel territorio controllato da Romeo. *Troppo vicino alle nostre case.*

«Se così fosse, dobbiamo prepararci a una guerra» sentenzio, iniziando a riflettere sui passi da fare.

«Chiamo don Mario e lo informo. Frank, ci siamo dentro insieme, e con noi anche i nostri alleati. Non verranno a casa nostra a dare ordini.»

«Grazie, amico» replico, consapevole che questa guerra ci troverà preparati.

Devo parlare con Alex, voglio occhi e orecchie in strada e ai confini della città. Voglio la certezza che qualsiasi cosa o persona entri in California non sia una minaccia per l'incolumità della mia famiglia e della mia gente. *Dove cazzo sei, Alex?*

Sbuffo e mi verso un bicchiere di *Lag*, concentrarsi sui resoconti è ormai impossibile.

Mi lascio cadere sulla poltrona, inizio a elaborare strategie per stanare questi tizi appena tenteranno di infiltrarsi nei nostri territori.

Mi squilla di nuovo il telefono e sono così teso che sono tentato di fiondarlo contro la parete, ma quando mi cade l'occhio sul nome del chiamante, non esito a rispondere.

«Alex, che cazzo di fine avevi fatto? Devi riportare subito il culo a casa» abbaio.

«Fratello...» e mi basta il tono della sua voce per scattare dritto sulla poltrona.

«Cosa?» domando, mentre nella mia mente si aprono gli scenari più catastrofici.

«Ho bisogno del tuo supporto, in quanto Boss e in quanto mio fratello» inizia serio e la preoccupazione mi invade le vene.

«Ce l'hai» replico senza la minima esitazione.

«Non sai nemmeno cosa sto per dirti»

«Qualsiasi cosa sia, è tua» di nuovo, nessun indugio. Alex è mio fratello in tutto ciò che conta, ed è il mio Secondo, ha tutta la mia stima e gli affiderei la mia vita, quella di mia moglie e di mio figlio; quindi, di qualsiasi cosa si tratti, ha la mia più completa fiducia, sempre.

«Grazie, amico» sospira di sollievo. *Davvero dubitava di avere il mio appoggio?*

«Di cosa si tratta?» domando, incapace di tenere a freno la curiosità.

«Non posso spiegarti nel dettaglio, lo farò appena saremo a casa, hai la mia parola. Ti basti sapere che stiamo tornando e, appena possibile, sposerò Mariella» conclude lapidario prima di chiudere la chiamata, lasciandomi stordito e senza parole.

Ma che cazzo?

FINE

PLAYLIST

State of Mind – The Faim
Watch Me Burn – Michele Morrone
abcdefu – GAYLE
Young And Beautiful – Lana Del Rey
Bad Habits – Ed Sheeran
Madness – Ruelle
Hard For Me – Michele Morrone
Love In The Dark – Adele
Shiver – Coldplay
Stay and Decay – Unlike Pluto
Unstoppable – Red Play with Fire (feat. Yacht Money) –
Sam Tinnesz, Yacht Money
I Fell in Love With The Devil – Avril Lavigne
Die For You – Léon
The Other Side – Ruelle

RINGRAZIAMENTI

Che viaggio magnifico è stato scrivere questo romanzo! Scrivere è stato terapeutico per me e mi ha, letteralmente, salvata da un momento buio della mia vita, restituendomi un obiettivo, ridandomi la voglia di mettermi in gioco, di andare oltre i miei limiti, e mi ha tenuta lontana da tutti i pensieri negativi che affollavano la mia mente. Non ho fatto tutto da sola, però, e ci tengo a ringraziare con tutto il cuore le persone che mi sono state vicine e che mi hanno aiutato a rendere reale un'idea che mi frullava in testa da un po'.

A mio marito, che mi è stato vicino anche quando andavo in crisi e volevo mollare tutto, che ha creduto in me e in questa storia prima ancora che riuscissi a farlo io.

Alle mie figlie, perché tutto ciò che faccio è per voi, sempre.

A mia mamma, la mia lettrice alfa, anche se so che le scene hot erano fuori dalla tua "comfort zone".

Alle mie preziosissime beta: Roberta, GRAZIE perché hai creduto in Frank e Isa dal giorno zero; Cecilia, ho fatto tesoro di ogni tuo suggerimento; Sara, il tuo entusiasmo è stato un booster per la mia autostima; Federica, sei arrivata in corsa, ma mi hai aiutata tantissimo a rendere il testo pulito e scorrevole.

A Vita Firenze, per l'appoggio, la pazienza e tutto il supporto psico-emotivo! Sei fantastica!

A Elena Piras, per la tua preziosa e fondamentale scheda di valutazione (che mi ha aperto gli occhi e fatto raddrizzare il tiro su tanti dettagli della storia), ma, soprattutto per la tua disponibilità e il tuo entusiasmo. Non vedo l'ora di lavorare di nuovo con te... Sappi che non ti libererai facilmente di me!

A te, lettore, che sei arrivato fin qui! Spero che tu abbia apprezzato la storia di Frank e Isa. Sarebbe un onore sapere cosa ne pensi: se ti fa piacere, scrivimi o taggami sui social per dirmi cosa ne pensi. Ne sarò più che felice!

Pagina Facebook: https://www.facebook.com/krishamletauthor

Profilo Instagram: https://www.instagram.com/kris.hamlet_author/

SULL'AUTRICE

Kris Hamlet è lo pseudonimo di una mamma, moglie e insegnante di inglese, che non vuole turbare i suoi studenti (né i loro genitori).

Vive a Latina, con le due figlie e il marito, e ama trascorrere le serate sul divano tra serie targate Netflix e pop corn.

Mangia troppa cioccolata (soprattutto bianca) e piange come una fontana davanti ai film romantici.

Accanita lettrice romance, ne legge e apprezza ogni sfumatura.